U0626954

# 英雄赞歌

## 公木诗选

公 木 ◎ 著

长春出版社

全国百佳图书出版单位

图书在版编目（CIP）数据

英雄赞歌：公木诗选 / 公木著. –– 长春：长春出版社，2025. 1. –– ISBN 978-7-5445-7597-3

Ⅰ. I227

中国国家版本馆CIP数据核字第2024AQ7971号

**英雄赞歌——公木诗选**

著　　者　公　木
责任编辑　孙振波
封面设计　宁荣刚

出版发行　长春出版社
总 编 室　0431–88563443
市场营销　0431–88561180
网络营销　0431–88587345
地　　址　吉林省长春市南关区长春大街309号
邮　　编　130041
网　　址　www.cccbs.net

制　　版　长春出版社美术设计制作中心
印　　刷　长春天行健印刷有限公司

开　　本　880mm×1230mm　1/32
字　　数　160千字
印　　张　11
版　　次　2025年1月第1版
印　　次　2025年1月第1次印刷
定　　价　59.80元

版权所有　盗版必究

如有图书质量问题，请联系印厂调换　联系电话：0431–84485611

# 目　录

棘之歌

而　立　集

## 八路军军歌

铁流两万五千里，
直向着一个坚定的方向，
苦斗十年，
锻炼成一支不可战胜的力量。
一旦强虏寇边疆，
慷慨悲歌奔战场。
首战平型关，威名天下扬；
首战平型关，威名天下扬！
嘿！游击战，敌后方，
铲除伪政权；
游击战，敌后方，
坚持反"扫荡"。
钢刀插在敌胸膛，
钢刀插在敌胸膛。
巍巍长白山，
滔滔鸭绿江，
誓复失地逐强梁。
争民族独立，
求人类解放，
这神圣的重大责任，

都落在我们双肩上。

1939 年秋　延安

【附记】

　　《八路军军歌》：由郑律成作曲，属《八路军大合唱》中的一首。1940 年夏取得八路军总政治部认可；抗战胜利后只作为历史歌曲，不再当军歌传唱。在传唱中，"巍巍"改作"巍峨"；"都落在"改作"都担在"，最末的"上"字，作曲时删去了，为了音节更响亮些。

## 八路军进行曲

向前 向前 向前!
我们的队伍向太阳。
脚踏着祖国的大地,
背负着民族的希望,
我们是一支不可战胜的力量。
我们是善战的前卫,
我们是民众的武装。
从无畏惧,
绝不屈服,
永远抵抗,
直到把日寇逐出国境,
自由的旗帜高高飘扬。
听! 风在呼啸军号响;
听! 抗战歌声多嘹亮!
同志们整齐步伐奔向解放的战场,
同志们整齐步伐奔去敌人的后方。
向前 向前!
我们的队伍向太阳,
向华北的原野,

向塞外的山冈。

1939 年秋 延安

【附记】

《八路军进行曲》：写作情况及经过同前首《八路军军歌》。抗战胜利后，歌词被做了适当调整，改为《中国人民解放军进行曲》，继续传唱。1988 年在迎接建军节六十周年时，由中共中央批准，经军委主席邓小平签署，颁定为《中国人民解放军军歌》。

## 子夜岗兵颂

一天鳞云筛出了几颗疏星，
相映溪流呜咽呜。
是谁弹奏起这一阕乡曲，
四围里低吟着断续的秋蛩。
远处一点孤灯，
像一点流萤，
明灭在有无中。
画出了无涯的黑暗，
也画出了山影重重。
你，可敬的岗兵，
手把着枪托，
挺立在路口，
面迎着西风。
一声口令，盯住了近前的人影；
一声口令，盯住了近前的人影。
当众人安息在梦中时，
你却独自个掌握着安全，保卫着和平。
你却独自个掌握着安全，保卫着和平。
西风吹破了你的脸，
也要吹破这无涯的黑暗吧！

在重重的山影之东，

黎明已伸开了翅膀，

你就要浴在灿烂的晨曦里了，

晨曦将照得你的脸色绯红。

你，可敬的岗兵啊！

1938 年 8 月　陕甘宁边区蟠龙镇

【附记】

　　《子夜岗兵颂》：作为《八路军大合唱》中的一首，由郑律成作曲。

## 自己的歌

白昼，
我以理性与意志合成的剪刀，
把昨天底葛藤铰断。
踏着现实的条石
铺成的坚实的大路，
在伙伴底洪流里，
奔向明天。

而黑夜，
死去的魇魔，
又在梦里复活：
被肥胖的债主挤倒的古屋，
交出押死的地契时父亲颤抖的手，
染湿我的鬓角的涩咸的母亲底泪珠；
还有侦探们锥子似的盯梢，
辣椒水、皮鞭、镣铐底音乐，
审判官咧出白色的牙齿冷然的笑，
还有冒着毒烟的嫉妒，
绝望的遗弃与被遗弃底痛苦，
在毁灭底悬崖上的踟蹰。

这些杂色的客人，
都不待邀请地来了；
拥挤着，哗笑着，戏谑着，
合成一片杳乱的舞蹈。
我必须一一接待，
和他们周旋，
我不由自主地把自己交出，
受着辛辣地揶揄和摆布。

直到一声划破夜空的鸡鸣，
才把我从困惑里拯救出来。
带着急剧的心底悸动，
带着冷在颊上的泪，
带着浑身虚惊的汗水，
我从梦底峭岩上跌下。
我底头晕眩，我底身体旋转，
而后，清醒才恢复主宰。

于是我听到
黎明淡淡地照我的屋，
太阳底歌者们奏起一片合唱。
远处传来驼铃底声音，
一天的行程又开始了，
多么魅惑而有力的召唤呵！

起来，投向阳光里！
起来，投向音响里！
起来，投向前进着的行列里！
负着我肥硕而又沉重的背包，
让我底步子，
踏得更有力些，更有力些呵！

把蒙在身上的尘土振落！
把蒙在灵魂里的尘土振落！

1941 年

# 冬夜

困乏的黑网笼住了我，
眼皮生长着亲爱的磁力。
北风，这狂癫的泼妇，咧开嘴
呲，呲，呲地敲击我纸糊的窗。
我推开门，望望——
夜空被无声的雪花缩小，
夜空像是冻结了。
我缩回身，床铺
伸来诱惑的长臂。

我拒绝了那诱惑，
却不断地张大口，喷吐呵欠，
一串串挤出的热泪涩得像酸葡萄，
发着绿光的瞌睡的小灯，
低声地啜泣着，快要断气了。
而炭炉却闪跳着活泼的火苗，
火苗袅娜地向我笑着。
我伸出手去抚它底头顶，
立刻，一股温暖流遍全身，
流进我底心里了。

它唤回我失去的力气，
像倾听一位好友底谈心——
我坐在炭炉前面的矮凳上，
倾听着炉火嗦嗦的絮语，
靠在一边的水壶，
也在这时候发出欢乐的低奏。

生命伴随着时间流逝，
思想在宁静中旋舞。

寒冷被抵御在窗外，
困乏逸退了。
导源自遗忘的心头，
流出一道回忆的小河。
小河潺潺歌唱，翻滚着绿波
从背后奔向前面去了，
我仿佛坐在一叶白帆的小舟里，
摇着如翼的双桨，
荡漾，荡漾，荡漾……

冬天底夜是绵长的呀！
而我底小河直通到黎明的原野。
我听到被黎明惊醒的树林里，

摇送出百鸟欢迎的合唱，
我望见披着彩霞的太阳。

1941 年冬

# 水

水掺入酒里，
水笑着吐出白沫：
"从此我也算做酒了！"

而自封为酒的水不能使人醉，
反累得被冲淡了的酒
为饮者所诟詈。

其实，世界假如没有水，
绿洲也要变成沙漠，
一切生命都将枯萎，——
水又何必自惭非酒而脸红？

却偏偏有不甘淡薄的水，
自封为酒，并且以此为荣。
是的，也许借了这机缘，
攀登上豪华的盛筵，
接触到贵妇人唇边。

那么，这正是目的，

何必管饮酒者底诟詈!
什么是其生活最高的原则? ——
以骄傲而睥睨同类,
以特殊来掩埋自我。

祝福你装入酒坛的水,
你可以笑傲那汪洋的波涛了。

1941 年

## 哈喽，胡子

多么繁茂的花朵开放在你底心里，
那肥沃得像我们家乡底黑土一样的心啊！
而你脸上的皱纹褶得那么深，
你为什么总爱眯起眼睛来看世界呢？

是的，我了解你如同了解我心爱的诗篇：
用那些大拇指点着自己的鼻尖做自我介绍的演说家，
对那些编造从三岁起就顽强地反抗母亲底巴掌的英雄，
对那些以剽窃和说谎相炫耀而伸长手臂去抓取名誉的天才，
对他们你永远不屑翻一翻眼皮，
轻蔑的笑影闪跳在你胡须的丛林里。

哈喽，胡子！
但是为什么在年青的伙伴中，
你总显得如此孤寂又如此沉默呢？

是的，这一切我都知道：
你底双肩担负过也还担负着
比任谁更多的痛苦，
正如你底胡须

比任谁底更密更长。


自从对罪恶挥起愤怒的剑，
你不曾把紧握的剑柄松弛。
浮着脂粉的眼泪没有浸软你横起的心，
戳在心窝的枪口没有吓退你迈进的步伐。
你一启程就向着"自由底王国"，
单凭你正义的直感选定了这个方向。
你从口红和酒排的包围中冲出，
留一片蠢然的嗤笑在你底身后。


从你手中飞出的石子，
打中过圆肥的警官底头；
那象征着威权的蓝底白字的木牌，
曾被你从街门口上摘下而捣碎；
在没有月光的夜里你用粉笔去宣告真理，
涂满一条小巷又一条小巷；
你坐在饭摊底短凳上，
草草地填满叫响的肚皮，
而后就踏着磨透底的皮鞋前去——
迎着乞讨者伸出的乌黑的手，
迎着烟囱林喷吐的浓重的煤烟，
迎着侦缉队闪亮的锥子似的眼睛。


你就这样打发走了你最美好的岁月，

在别人正是拿恋爱和幻想喂养自己的岁月啊！
你毫无保留地付出你底勇敢和忠诚，
付出你底一切，
直到付出你最宝贵的自由：
你告别了这绿色的世界和明亮的阳光，
镣铐底音乐伴奏着你灰暗的日子……
而你底心里
却燃着一点永不熄灭的火种。

而你底形貌却慢慢变得滞重了：
时间底手
在你本是油黑的脸上，
偷写出无数条纤细的褶皱；
在你牛犊般的身体里，在你风箱般的肺腔里，
装进了各式各样的病苦。
爱和忧愤熬煎着你，
比那风雨和劳苦熬煎着的你底哥哥
还更显得苍老。

你底心谦虚得像一只空瓶：
你向老乡问一声路，
必定先来一个最端正的敬礼；
你坐在"合作社"，
从不敢放肆地喊一声小鬼或敲一下桌子；
因为你来到了延安啊，

这个被你爱得心疼的地方，
这个被你爱得想到就流出热泪的地方！
对每一个人甚或打身旁擦过的赶路者，
你都从心里呼唤着："同志，喂，同志！"
这个比铜锤击打洪钟还响亮的名字，
这个把战斗的队伍结合成一堵铁墙的名字。

你把工作了八个钟头的手插进裤袋里，
打着口哨散步在黄昏的河滩，
再不必闪躲那些戴墨晶眼镜的人跟踪盯梢了；
你把思考了一整天的脑袋放在枕头上，
平坦地走进梦里去像走回自己的家里，
再不必惊恐有携带绳索的黑手来叩门了。

哈喽，胡子！
但是为什么在年青的伙伴中，
你还总显得如此孤寂又如此沉默呢？
你没有学会放开喉咙歌唱：
"起来，饥寒交迫的奴隶……"
你不习惯于高声地欢呼：
"我们，战斗的布尔什维克……"

你却把拳头攥得紧紧的，
侧着头听别人这么歌唱，这么欢呼。
一阵感应的风暴从你底心里鼓荡着，

吹起一片迷蒙的白云飞飘飞飘，
凝成几滴细雨落进你漾着微笑的眼里，
像一颗银色的露珠从那里迸流，
濡湿了你抖动的皱纹，
濡湿了你闪跳的胡须。

你站在七月底队伍中间，
大地在你脚下痉挛，
太阳在你头上跳荡。
你投射出惊奇而又快乐
生疏而又亲切的目光，
注视着那些张大的嘴巴，
注视着那些飘扬的旗帜，
注视着你底无尽长的行列：
这是你底梦，你底理想，你底希望啊！

而你，不知道疲倦，
你常说疲倦是由于过多的休息。
在真理底面前，
你永远是一个倾听命令的小卒。
真理命令你："前进！"
你就立刻迈开阔步，没有踌躇过；
真理命令你："冲锋！"
你马上就上好刺刀，把仇恨投向敌人。
你从不吝啬付出血去灌溉，付出生命去繁殖，完全用不着老朋友为你担心啊！

因为你底心里自燃着永不熄灭的火种，
风一吹就会发出炽热的熊熊的火焰来；
因为板着脸的冰床阻不住潺潺潜流的河水，
春来嘘一口气息冰床也会展开笑颜而欢唱。
水要奔流，火要燃烧，
声响和光彩就是这样产生的，
你就要生活在声响和光彩里了！

战斗在向你召唤，
血洗的原野在向你召唤，
那里的人民以诚朴刚毅，以汗和血耕种着他们底土地。
而今那土地被强盗底足迹玷污，
河川里流淌着羞辱的眼泪，
田垄里播种着不屈的头颅，
把稳你底方向盘，旋动你底引擎吧，
迎上去，迎上去，迎上去！

而我，仍然被留在这后方，
也请你完全不用担心！
我不会沾染上你所深深厌恶的病疫；
我不会蒙在被窝里梦想荣誉；
我不会让女人的花朵落进眼里拨不出去；
我不会把抱娃和学猫叫做日课；

我不会忘记应去耕耘的园圃，我不是一个懒惰的园丁。

哈喽，胡子！
我不想再多说什么，
我们都不是喜爱剖白自己的家伙。
让我们再紧紧地握一握手吧！
下次见面该是在庆祝最后胜利的会场上，
长白山底倒影跳动在鸭绿江的浪心，
你密长的胡须也许要染上几星白霜；
而我一合眼就仿佛看见了
那白霜上镀一层欢笑的红光。
那时候孤寂和沉默将不会再伴随着你，
你该也习惯于高声地欢呼，
学会放开喉咙歌唱了！

1942 年 3 月 15 日

# 再见吧，延安

再见吧，延安，
再见吧，延安底同志们；

再见吧，
一切紧握底爱与热，
熟识的温慰的笑，
燃烧的火炬的心；

再见吧，
那被夕阳镀金的宝塔，
挂着新月的清凉古刹，
俱乐部底礼拜天，
桃林底夏之黄昏；

再见吧，
我曾沐浴过的
终日低唱着的延河，
我曾以汗水滋润过的
起伏的黄土的山坡；
——延河在山下跳荡奔流。

它欢送着出征的行列：
快走，快走，快走！

再见吧，
那山陵般的大礼堂：
无数次首长底报告，
无数次的晚会，
音乐表演和诗歌朗诵。
笑红的脸像一朵朵裂开的榴花，
浮在滚沸的歌声和掌声里。

再见吧，
那排列在半山腰的窑洞：
你是我最好的相知——
感激的泪，疚心的忏悔，
抑或是飞跃的欢喜……
每一种难言的心绪，对你
都不曾有过丝毫的隐饰，
我对你朗诵了
诉说着衷曲的每一章新诗。

再见吧，
我手植的小白杨：
当我有时烦忧，
你的叶子发抖，像疟疾患者；

而又总是那么轻快地歌唱，
伴着我底快乐。
你活泼地生长吧，
在新市场底山坡上，
愿你底枝干
也像新市场一样繁荣。

再见吧，
喂养在保育院的小胖：
不到断奶的时候，
你就失去了母爱的慈光；
而你底眼睛是多么黑，
你底笑是多么响！
再摸一摸爸爸底胡髭吧，
再亲一亲吧，亲亲，别怕扎！
而你哇的一声哭起来了，
你哭什么？——
为了使你们一代
再不看到什么是战争，
爸爸挎上步枪出发……

好，别了，
一切都再见吧！

是的，还有我们底毛主席，

亲爱的毛泽东同志：
想起你光辉的名字，
就好像铭刻着一句坚定的誓词。
而我并不曾离开你——
你不只在延安，你是在战斗的全中国，
你是在每一个劳动人民底心坎里，
你是我们亚细亚的灯塔，
我永远在你底光照下。


"像雄鹰一样地高飞吧，
不要在飞着的时候停止了！"
我默诵着卡·拉姆金①给普希金的赠言，
把依恋窒死在心里。
迎着风沙挺起了胸膛，
抬起头凝望着东方：


东方喷着愤怒的红云，
祖国正在燃烧呀！
是谁在呼唤：
走啊，走啊，走啊……
向敌人，向战斗！
到黄河去，到华北去，
到那古朴而辽阔的大地。

---

①卡·拉姆金（1766—1826），俄国著名小说家、历史学家。

那里已踏遍强盗的足迹，
父兄底尸身乱躺在田垄里。

脚，快些，再快些！
迈着主人底阔步，
走回那广大的平原；
铺满阳光的大路，
已经展开在我底面前了。

1942 年 4 月

# 鸟枪的故事

## 一

同志，你是问咱这杆鸟枪吗？
提起来话可长啦。

那时候我才六七岁，
记得有一天，
太阳快要贴地皮了，
我跟着奶奶在场里玩。

场里扫得光光的，
粮食都装进了东家的仓房里。
碌碡滚了一个秋，
憩在场当中喘气；
奶奶忙了一整天，
坐在碌碡上牟拉着眼皮。

我可闲不住，
我脱下鞋来扣檐蝙蝠。
鞋一扔齐房高，

翅膀都碰着啦，
又忽闪忽闪飞跑了。
鞋落下来，
扣上奶奶底头顶盖……

奶奶睁开眼白瞪着，
"小崽子，你——
看鞋帮又开了花，
你脚上长了狗牙吗？"

她数落着忽然抬起头，
扬起胳膊指着村街口：
"嘿，铁牛！
瞧，爷爷赶集回来了。"

我小燕般扑过去，
张开两只手：
"爷爷，爷爷，糖！"
爷爷笑着一跺脚：
"咳，忘了，忘了！"

他从肩膀上放下一杆枪，
——就是这杆鸟枪啊！
用袖头擦干脸上的汗水，
一股劲儿笑着抿不住嘴：

"来看啊，我买了一杆枪！"

邻人们都来围着看，
像围着谁家底新媳妇。
东家底老当家也来了，
手里拉着小孙女淑华，
大伙赶忙闪开一条道。

老当家拧一拧白眉毛：
"这是一杆好鸟枪！"
老当家都说是好鸟枪，
爷爷乐和得嘴都合不上。
大伙兴高采烈的，
摸摸枪筒扣扣枪机。

我却贪馋地望着淑华，
嘴里嚼得咯嘣咯嘣响；
望着望着就叼着手指头
咩的一声哭了起来。

奶奶赶紧来哄我：
"牛牛，来跟奶奶，
不要你那臭爷爷。
爷爷是块死榆木头，
把孩子丢在脖子后，

赶趟集光顾得买枪，
不说给孩子买麻糖！"

爷爷也来到我跟前了，
从奶奶怀里把我抱去；
满脸的皱纹像一条条毛毛虫，
花白胡须扫着我底脖子。

我真害臊啊，
我听见大伙都在笑。
我紧紧闭上眼，
我揪跶着打挺儿，
我哭得更欢啦。

"好牛牛呀，不哭！
哭吧，哭得两眼像猴屁股
屈死鬼可就要来勾你走！
来，叫爷爷给你暖暖手……
爷爷买了枪去打生，
嘿，天天给你吃飞肉跑肉！"

从此以后，果然
爷爷就去打生了：
兔儿，鹁鸪，山鸡……
还有老雕哩！

一到冬天，
白雪封了大地；
柳树林子冷得吱吱地叫，
这正是打生底好时机。

爷爷天天到野外，
背着这杆枪。
焦黄的药葫芦挂在枪把上，
药葫芦摆荡，摆荡，摆荡……
爷爷嘴里打着口哨；
两只眼睛眯缝着。

爷爷真是有一手好本领啊！
小兔儿打眼前窜过，
百步开外不用瞄准儿，
也不用把枪从肩上搬下来；
只消一侧身把头一歪，
枪口顺在脖子后边，
吭的一前枪口吐一股青烟——
那小兔儿
就打着滚儿躺到地上了。

我飞跑上去，
鲜红的血染湿一洼白雪。
爷爷笑着眯缝着两只眼睛，

从腰里掏出那白铜烟袋来……

打了这些鸟儿兔儿，
都要挑到集上去，
我们哪里闻得到一点点腥味？
就是逢年过节的日子，
也不过塞塞牙缝儿。
——还要给东家送礼，
挑着肥的大的都送礼了！
腊月二十三过小年，
糖瓜粘住灶王爷的嘴；
爷爷就挎上一只大筐筐，
装满了飞的跑的，
到东家去孝敬老当家的，
我总也噗啦噗啦跟着去。……

嘿，东家的宅院可真够排场：
临街挂着功名匾，
斗大的金字："进士及第"；
一进大门方砖墁地，
映壁上写着："满院生辉"；
一片青楼瓦舍，
都是磨砖对缝，
两棵干枝梅开在院当中。

嗖地窜出一只大花狗，
汪汪汪，汪汪汪……
可恨的势力狗啊，
就是单咬破衣裳！

我吓得浑身像筛糠，
钻到爷爷的裤裆里，
不敢哭也不敢嚷。
心口活兔儿一样嘣嘣跳，
快要跳出嗓格眼来啦，
做饭的老黄来把狗赶跑。

爷爷上到屋檐下躬起腰，
把筐篮兜底儿往地上一倒。
老当家揭开厚厚的布门帘，
伸出个红疙瘩青缎子棉帽垫。

"噢，屋里来，
烤烤手，喝杯茶吧！"
大字号人家
总是用鼻子说话，
嘴里还总叼着个水烟袋。

爷爷的皱纹都笑弯了：
"不啦，不啦！

满脚泥怎么能进得去呢？
等拜年再拉呱吧……"

爷爷还没收住笑，
满脸的皱纹正哆嗦着，
那厚厚的布门帘噗嗒放下了，
门帘上绣着一只红嘴大仙鹤。

爷爷就对着那仙鹤，
巴巴结结地唠叨说：
"咳，雪大，平地一尺厚，
飞的跑的都精瘦！"

老黄把爷爷拉进厨房里：
"大冷天咱喝一壶！"
端出老当家吃剩的菜底儿——
几块咸鸭蛋，半个鸡胸脯。

随手又塞给我一把糖球，
我就趴在桌边上
侧着头看他们喝酒，
听他们拉家常……

嘿，酒一沾唇话匣子就打开啦：
飞溅着吐沫星儿，

鼻尖和鼻尖快要碰上了，
看他们谈得多么亲！

老黄压着舌根说：
"哎呀，是一条大花蛇，
两个眼珠像两盏明灯，
盘在后院仓房底粮囤里……"

爷爷瞪裂了他的眼眶子：
"这是他家的财神爷，
住下来快三辈子了。
你亲眼看见咧？"

"呃，咱这肉眼凡胎，
看见了还了得！
咱是听少当家这么说，
有一晚它爬出来喝水……"

爷爷呷一口酒：
"这是人家命里该着有，
自从它老人家来了，
平地里就搭起了摩天楼！"

他们说的可真够玄：
尽着几十条小伙子来装吧，

囤里的粮食怎么装也装不完，
装一斗涨一斗，装一石涨一石。

活井底下通黄泉，
活井里的水汲不干；
东家底粮囤就是一眼活井，
它和全村的粮囤都相通着哩！

那条大花蛇，那财神爷，
日日夜夜不逃闲——
把别人家底粮食，
往他家底囤里搬……

"哦？别人家可倒霉啦！"
爷爷白瞪了我一眼：
"哪用着你多嘴？
这是人家底福气！"

"真是福气，有福星照着哩！
进冬又置了二十八亩好田地。"
老黄说着伸出两个手指头，
爷爷眼里馋得冒了油。

随后又扯东扯西，鸡毛蒜皮，
扯来扯去，不知怎么

又扯到爷爷底枪法，
两个人底嗓门立刻都大啦！

他们一齐咕噔干了一大口，
老黄指着盘里的肉：
"这还是在腊八，
你送来的那只山鸡哩！"

爷爷笑得呵呵响，
夹一块送进嘴里吧咂吧咂，
伸出大拇指敲一敲腆着的胸膛，
又引头儿自夸他的鸟枪。……

淑华推门进来啦，
我分给她一个糖球。
她底小脸蛋比糖球还甜，
美的摆呀摆呀摆她底头。

那红绒帽顶上的小银铃儿，
丁零零，丁零零，丁零零，
比蛐蛐儿叫的还好听。
那两只滴溜圆的黑眼珠儿，
转得多么欢啊！

我就拉住她底手，

软得活像一朵棉花；
她定睛地瞅着我，
瞅着瞅着扑哧笑啦。

她说，"你底眼里有个小人儿，
红帽子，红嘴唇儿。"
我说，"你底眼里也有一个，
破棉袄，光脑壳。"

她咕突起小嘴来，
轻轻地贴近我底耳朵根：
"给我捉一只活兔儿吧！"
她嘴里的热气
嘘得我底脖子痒痒的，
我就呲咪呲咪地笑起来了。


二

爷爷死了，
在一个刮着北风的黑夜里，
他原来是那么结实，
咳，人总是熬不过年纪！

总说胡子头发一白，

人底血就慢慢地干了。
爷爷越老越瘦越瘦，
简直瘦成一根干柴棒。
一场病就落一场秋霜，
满树青枝都发了黄。


爸爸呢？
爸爸打根里就没有胖起来。
他从爷爷手里接过这杆枪，
却没有闲空去打生；
把枪挂在那乌黑的墙上，
他必须照管奶奶底病。
奶奶躺在炕上，
看着什么都不顺眼；
八月十五的月亮娘娘，
也不抵从前的圆。


她总是数落爸爸：
嘴馋手懒，
花钱不眨眼！


她也骂我底妈妈：
你这是做媳妇吗？
你是扫帚星来败家！

我看奶奶是老糊涂啦！
俗话说得实在有理：
人老了都有些怪脾气。

爸爸终年忙在地里，
日头赶着月亮转，
天天是黑汗白流，
呼哧呼哧像条老牛，
简直没空儿喘口气。

妈妈底眼都熬红啦，
见风就流泪；
没人见她梳过头，
她头上孵得下一窝小鸡儿。

奶奶还是不断数落他们，
嘴毒得像一条蝎子。
两只眼却变成了珍珠泉，
泪水沾湿了被头，
她要淹死在眼泪里了！

有什么法子呢？
红高粱就涨了好几块，
小盐查得再没人敢卖，
租子也一年比一年苛起来。

有一年又出了什么"旧锅捐"①，
哪一家不摊个块儿八七？
说是东三省好地面，
割给了东洋鬼子；
大官儿减少了财源，
就拿老百姓出气。

老当家已经伸了腿——
人家死得才真够劲哩：
光纸扎就排了一趟街，
还唱了三三见九天大戏。

乡亲们都嘀咕着：
少当家是凶神下界，
送他个外号叫穷人阎王。
——就单说那一身贼膘吧，
不都是吸的穷人血吗？

他全家搬到城里边，
包了个黑心官盐店。
盐狗子披一身老虎皮，
熬小盐的锅都捣了个稀烂。

_____

①即"救国捐"。

对待种地户就更酷啦：
谁交不上租，
盐狗子就把谁提去，
蹲了黑屋子还得罚款，
一点乡亲面子都不顾。

奶奶不问这一些，
她只怪爸爸不如爷爷。
爸爸一声不言传，
成天价皱着两道眉，
快要皱成两架山啦！

到奶奶断气的时候，
别人都为爸爸妈妈高兴，
东邻的秃子伯伯，
西庄的刘二叔，
跑到我家来一声不哭，
反倒拍着爸爸的肩膀说：
这可有出头的日子了！

可是爸爸和妈妈，
却哭成两支化了的洋蜡。
一封薄薄的柳木棺材，
还是秃子伯伯帮衬着想的法。

奶奶一合眼什么也看不见了，
倒霉的还是爸爸和妈妈。
爸爸几次被押进城，
妈妈底两眼也全急瞎。

穷人阎王一过秋就回来收租，
坐着燕儿飞的小轿车，
戴着墨镜二饼，
穿着大吊兜的"中山服"，
一大群跟班的盐狗子——
他妈的，摆那一套洋威风！

乡亲们都说：
世道改啦，
太阳打西边出来啦，
猴儿崽子们都上台啦！
好人底运气散着走啦，
更不如老当家在世的时候啦！

真的是，连淑华那小妮子，
也到京里去念洋学堂，
烫起绵羊头，大模大样的，
见了人就懒得抬一抬眼皮。

"三股麻线拧成绳，

众人拾柴天烧红！"

巴不清谁倡的头，
这句话就像长上了翅儿，
它绕过富人底油漆大门，
飞进每一间穷人底茅草屋。

庄稼汉们咕咕咕，咕咕咕，
咕咕着，咕咕着，就像
一声地雷——轰隆！
大家伙一唔吼就干起来了。

爸爸这才扒上墙，
伸手摘下这杆枪；
一口气吹净了枪身上的尘土，
一抡，挎上了肩膀。

爸爸笑啦，
爸爸满脸的愁气都笑掉啦。
爸爸算是哭丧了一辈子，
我就见他笑过这一回。

街里筛起锣来了，
震得窗户纸喤喤响，
爸爸底脚后跟好像装了弹簧，

把屋里门一踢就闯出去啦!

全村都哄翻了,
邻村也闹欢了,
有人竖起大红旗,
红旗迎风飘呀飘的飘着,
我们这一带村庄全红了。

小龛屋里闹哄哄,
高宅大院哑了声。
穷人阎王躲在城里,
嘿,乌龟头缩进壳,
再也不敢露面啦!

大家鼓起劲来,
还想着攻城哩!
有人拿铁铲,
有人拿木棒,
爸爸就拿着这杆枪。

唔隆,唔隆,唔隆,
像一片山鸪遮住了青天,
蹚得遍野都起了尘烟。

妈妈瞎着个眼,

摸摸撞撞追着屁股喊：
"铁牛底爸啊，
你就丢下俺娘俩不管了吗？"

爸爸切着牙骂了一句，
再没有回头，
就又随着大流走啦。

我那时候也扛起一把粪叉，
窜窜跶跶地跟着跑；
觉得比跟着爷爷去打生，
可更热闹有劲得多了。

爸爸却一手把我搡到大路旁，
照准我耳门子响了一巴掌：
"又不是赶集看戏，
哪里有你底事？
给我快快滚回去！"

嘿，我也是十五到六的人啦，
这一手可着实吃不消。
我心里冒着火一烧一烧的，
既是爸爸来点着药捻子，
真该响给他瞧瞧！

可是我还是慢慢地把头低下，
当我看见爸爸眼里噙着泪花。
秃子伯伯挤过来，
把我扯到一块横地头：

"呃，听话吧，好铁牛！
看你底嘴噘得快拴得住一匹驴啦，
这可不是怄气的时候！

"去把妈妈领回家，
不要拖尾巴，
在这里丢人现丑！

"告诉她，还要分粮分地哩，
等一会儿就把穷人阎王
拴回咱们庄里来了！"

……………………………
……………………………

咳，穷人阎王啊，
到末了儿也没有拴回来；
爸爸却只把这杆枪捎回来，
是我秃子伯伯捎回的。

秃子伯伯说，
爸爸被打倒——
其实他也够本儿了：
他先放倒了两个狗，
——末了，他扔掉了枪，
又被狗们拉走了！

秃子伯伯底话是颗炸弹，
一句话炸塌了半拉天。
我陪着妈妈整哭了三天，
三天的烟囱上没有冒烟。

妈妈摸着这杆枪呼唤：
"天，铁牛底爸啊！"
任凭我怎么说劝：
"娘，你不饿吗？"
她总也不答我底话。

后来，又听说爸爸底头被砍掉，
挂在城门洞里，
县老爷——呸，那个狗养的！
还出了一张大布告，
爸爸的名字也开上了。

还有许多人底名字哩：

小王、小四底，刘二叔底，
东庄上烙烧饼的李黑虎底，
扛长活的那个干巴粗底……

呃，人头啊四门上都挂满了，
黑血滴答着，
苍蝇嗡嗡地叮了一大片，
狗抬起红眼流着哈拉水。

冤魂截了道，
天天半夜吼吼地叫，
他们是叫还活着的来报仇啊！
凡是亲人，凡是庄稼人，
都听到了，都听到了！

妈妈叫我偷偷地
摸到城门边烧了几张黄钱纸。
我听说，女人们都不敢出门啦，
城里人下乡都捏着鼻子，
乡下人进城都捂着眼睛。

秃子伯伯攥紧了拳头，
眼里冒着火星星，
牙齿咬得断一根铁钉：

"截断了一道小河沟，
横竖是填不平大海！
枣核子还能挡住大车吗？
哼，走着瞧吧！"


三


妈妈晚年的日子，
才真够腌心呢！
灰尘填平了满脸皱纹，
整日价嘟念着，自言自语。

我问她："娘呀！
你跟谁说话？"
她说："跟你底爸爸，
跟你底爸爸啊……"

说着伸出那鸡爪手，
在空中乱摸乱摸；
空中什么也没有，
她底两眼早瞎实了。

看顾我们的亲人，
就剩个秃子伯伯。

秋天他领我去打短工，
腊月下天津卫里办年货。

秃子大娘也常来串门，
拿这样的话宽妈妈底心：
"赚下几个钱成门子亲，
不几年就抱个小孙孙。"

妈妈总是摇摇头，
她是什么也看不见了，
太阳也不再向她照耀。
她底心像一团揉皱了的烂草纸，
任凭怎么舒也舒不平了。

在一个风搅雪的三九天，
我又同秃子伯伯下了卫——
在路上风声就不对，
一到北大关碰见一大群花子队，
摇着小白旗哇里哇啦叫，
说是要闹什么"华北侄子"①。

我就拍着大腿根子嚷：
"警察们钻到老鼠洞里去了吗？

---

①即"华北自治"。

这群叫花子白面鬼，
真该吃一顿哭丧棒！"

秃子伯伯急忙把我一扯，
伸过脖子咬住我底耳朵：
"快封住你底嘴，
这群白面鬼有东洋来撑腰……"

我们年货也没有办好，
就慌慌张张地回家了。
卫里上来个收棉花的人说：
北平成立了什么"委员会"①，
东洋叫咱"侄子"，
咱就当真"侄子"了！

这话立刻就传开啦，
一下子把集给炸了，
老百姓都上了庄稼火，
这不是往自己脸上抹狗屎吗？

接着有一群洋学生来传道，
嘿，还有淑华哩！
我见了她就想溜着墙根儿走；

①指"冀察政务委员会"。

可是她底眼尖过金刚钻：
"喂，铁牛，铁牛！"

她叫住我问这问那，
还问候我底妈妈，
搭讪着就扯起小时候的事来，
归根又讲到要爱咱们底国家。

那张嘴丁零零丁零零，
比鹦哥儿还巧呢。
满口的糯米小白牙，
开出满口喷香的小白花。

全集的人都来听啦，
围了个不透风。
多少眼睛都盯着我啊，
我底脸着火了，脖子也着火了！

有个洋学生喊着说：
乡亲们，听咱唱个歌吧！
他们就唱起来了，
嘿，唱的就像刮大风。

说是还要演戏哩，
乡亲们迎出来几十里。

腿短的可都扑了空，
清早来了一大群乌宪兵，
把学生押回了北平城……

从此，风声就一天比一天更紧，
有人说穷人阎王也搬到北平，
给东洋鬼子做"侄子"去了。
淑华对人说，还要做中国人，
不再认他叫爸爸啦！

嘿，嘿，穷人阎王，
这个猴儿崽子王八羔！
我早就瞧他不顺眼，
原来和那群叫花子是一道！

我就去问秃子伯伯：
"是不是又要闹分粮分地了？"
秃子伯伯眨一眨眼睛：
"傻铁牛啊，愣头青！
难道你没有听见洋学生来传道吗？
难道淑华也没有把你讲开了窍吗？
这一回是东洋鬼子抢来了，
那一笔账先放一放再讨吧！"

妈妈听说这话，

吓得鼻尖上冒冷汗，
两只手像两片白杨叶打着颤，
忙把这杆枪藏在炕席底下。

哈哈，我顶换上一根白木棒，
就把它抽出来了，
擦得比秃子伯伯底头还亮。
心里说，这杆哑巴了的枪，
又快要说话啦！

可没料到来得这么急忙，
就在今年秋头上，
老牛拨甩着尾巴赶蝇虻，
轰隆一声炮响
一出大戏开了场：

穷人阎王底老子打来了，
东洋鬼子占了咱们卢沟桥。

咱们中国的官兵，
开头儿也还递了两枪。
随后像一窝蜂掐了王，
乱哄哄逃奔南方……

人们都这么说：

总指挥刘什么吃①，
先在府里坐镇，
一听见飞机响，
吓得尿了一裤裆；
就摸黑爬上闷罐车，
开出去一千多里，
溜过了黄河。

这一家伙还不乱了营吗？
活像飞过一阵蚂蚱兵，
跑起来飕飕带着风。
他们是用什么打仗？
他们用自己底脊梁，
电驴子都追不上！

城里的县官也跟着跑啦，
临走摊了两千斤大烟，
带了三大车细软，
还拐了谁家一个花姑娘。

紧赶着就是逃难的老乡，
人们都凑上去问："怎么样？"
他们底眼都发直啦，

①指国民党军阀刘峙。

脸色煞黄煞黄。

说是吗，鬼子到的地方，
见了大姑娘就扒裤子，
见了小伙子就是一枪，
用电火烧房……

这一下真是塌了半拉天，
庄稼人们都傻了眼。

老头子嘴里叼着烟袋杆，
呆呆地忘了打火镰；
老婆婆烧香磕头，
祷告关老爷显圣来保佑。

再不见谁抱着热饭碗，
蹲在街上扯闲篇儿；
夜晚的打谷场里，
也再听不到大鼓和三弦。

蝈蝈儿爬在豆叶里，
叫得有声没气儿的；
牲口拴在空槽头，
干打喷儿没人喂。

开桃的棉花可地一片白，
谁还有心去摘？
一尺长的狼尾谷，
任它烂在地里去喂土拨鼠。
高粱穗像一扑拉红珍珠，
让大老喳儿吃个足！

八月十五的夜里，
月亮依旧圆了，
圆的就像一眼没有底的井。
井里流的是血啊，
那月亮比狗舌头还红。

老年人都说，
月亮娘娘犯了凶星，
天狗杀来了……
人们越发肉跳心惊。

秃子伯伯站在庙台上，
给懵了头的乡亲们挺主意：
"不要发抖，
发抖抖不退鬼子。

"天塌了吗？天塌了——
也要咱们双手挡！

谁说咱们庄稼人不成事?
庄稼人齐了心,
全世界都饿死!

"别看我花白了胡子,
我还不服老哩!
不能等鬼子骑上脖子,
不能等鬼子把咱搓在脚底板,
不能干瞪着眼等死啊!……"

我就回到家里取枪,
妈妈扑倒在炕沿下:
"铁牛啊,千万不要
再学你底爸爸……"

咳,妈妈是吓破了胆,
她嘴里淌着白沫喊。
那声音越喊越细越细,
慢慢变成一根游丝,
飘呀飘在喉咙里,
——风一吹就断了!

我跪下去抱住妈妈底头:
"娘啊,铁牛在你跟前哩!"
妈妈再也没言语。

灯壶的油早已经点空，
灯头哪还经得起晃荡呢？

一块阴云糊住我底心，
我眼里落下一阵猛雨。
"娘啊，你苦受了一辈子，
是什么人害的你？"

过了没有几天，
有人来招兵。
我就带上这杆枪，
领头儿报了名。

我还有啥顾恋呢？
媳妇，反正一下子也娶不起。
再说秃子伯伯也参加了，
他说到哪里就做到哪里。

庄上的小伙子就甭提了，
同志，你看见过乡里人赶集吗？
人山人海啊打四面八方涌了来，
我们底队伍几天就成立了。

我们底大队长叫孟青山
他是秃子伯伯底把兄弟，

他还和我们一齐下过卫哩！
早前他也是个扛长活的，
而今我们管他叫孟司令员。

嘿，淑华也跑来参加啦，
——咱这里女兵有的是！
都一样穿上二尺半。
管大家伙叫"同志！"
管大队长叫"孟司令员！"

孟司令员底名字像一声雷，
鬼子听说他就吓软了腿。
恨不得啃一个窟窿往地里钻，
嘿，咱就跟他们来个游击战！

你说是吧，同志：
鬼子和咱庄稼人，
正是冤家死对头；
不赶走鬼子，
这洋罪可没法受！

你问那穷人阎王吗？
这可不是私仇公报，
我早在妈妈坟前赌过咒了：
我底枪口朝着鬼子，

自然也要把那些"侄子"捎带着。

你说他躲在北平城圈里吗？
看打垮了鬼子他往哪里跑？
破棉袄掉在火坑里，
虱子还指望爬出去吗？

你别小瞧咱这杆鸟枪，
肉，它可算吃老鼻子啦！

在爷爷手里，
它还是吃飞肉跑肉；
在爸爸手里，
它撂倒过披虎皮的走狗；
在我手里啊，
嘿，它已经开过洋荤啦，
它已经吃过东洋鬼子底肉啦！

你说这杆鸟枪不顶事吗？
你可真是门板缝瞧人啊！

1941 年 11 月 10 日初稿
1943 年 2—3 月改写

## 崩溃

当黄昏的西风，慢慢
吹长了吹长了牧人底身影；
浓须的夜魔紧眉披着万丈黑发，
从天底那边，
从遥远的东方蹒跚地走来，
头顶上装饰着几颗金星。
一切声息都沉寂了，
一切生命都停止了活动，
人底舞台让给魔鬼来上演。

鼠群跳过甜睡者底鼻尖，
悠然地结队游行；
野狼滴着馋涎燃亮饥饿的眼睛，
到羊栅门边巡礼；
鸱鸮冷笑着低飞，
落在梦的屋檐窥探人间底秘密。
群魔响着使星空痉挛的狂叫，
出现在被黑暗统治的大地上。
群魔之王披着无尽长的黑斗篷，
群魔围起他粗野地旋转；

卷成一阵旋风开始了沓乱的舞蹈。
一个嘶哑的令山岳与海洋都战栗的
大合唱激荡着激荡着：


"什么比黑暗还更伟大呢？
它吞蚀了一切：
山、河，树林、村庄、城市……
只有能自身发光的东西，
它才留予一个位置。
就是小得可怜的萤虫吧，
也不曾被泯灭。
这证明黑暗底公平，
它不埋没任何真正的天才；
而且只有在黑暗底抚慰下，
一切发光体才得发光。
黑暗万岁！
黑暗底王国万岁！"


歌唱着他们喷吐阴云，
并降布湿毒的浓雾。
云雾弥漫着弥漫着，
几颗闪跳的金星也不见了。
群魔继而恶毒地诅咒，
嚼着淌血的舌头，
每说一句话像吐一颗石子……

"光明已经死亡，
白昼永不来临！"
并且由于这诅咒而更加狂欢了，
叫得更响和更野。
因为恶魔学会了语言，
原只是为的去诅咒呀！


于是群魔自封为胜利者，
群魔之王被尊作唯一的主宰，
黑暗底王国征服了世界。
鼠、狼、鸱鸮都来谦卑地致敬，
凡在黑暗中活动的，都生着
一条阿谀的舌，一副谄媚的面容。
（而曝照在明光里，
那却是多么残毒的面容啊！）


正在这时候——
一声曳长的鸡鸣划破暗空，
鼠群首先溃散了。
而这是一声过早的鸡鸣啊，
时间才刚到子夜。
群鼠又继续地蹑足归来，
傲然地吹着胡须，
以掩饰内心底畏怯。
狼和鸱鸮在鼠性底卑劣中，

发现了自己底尊贵与勇敢，

昂起头摇摇尾巴，

等待群魔底褒赞。

而远处又传来一声报晓的鸡鸣，

接着两声三声……

群魔之王切着牙齿发令：

"消灭所有一切鸣唱者！"


鸱鸮盯在睡眠的窗前，

去侦探主人底动静；

抖索的鼠群爬到鸡埘旁边，

偷偷地啮凿隧洞；

贪馋的狼去咬断鸣唱着的

一切伸长的羽颈……


而鸡鸣却是不可遏止的，

这快乐的昂奋的挑战的歌声，

烧成一片熊熊的火焰：

彼此呼应地合唱，

传递着信心和希望。

鼾睡者有的已被唤醒了；

鸱鸮惊惧地拍一下翅膀，

它听见窗子里低声地说：

天快要亮了！

群魔之王伸出黑色的拳头，
打击暴跳的海洋，
飞溅着血沫咧开嘴念咒：
腾起吧，雾！
腾起吧，雾！
腾起吧，雾！

浓密的雾阵布满天空，
人间袭来一阵阴寒，
伴随一阵恐怖的宁静，
大地更加黑暗了，
雄鸡底鸣唱也渐渐稀疏。
群魔喘吁而狞笑，
鼠、狼、鸱鸮都兴奋地狂舞。

然而，这是黎明前的黑暗哪，
这是太阳要出来的征象。
原野吹起晓风，
云雾慢慢消散留一片晴空。
微亮立刻浮现在东方，
曦光立刻煊荡在东方，
白昼和黑夜的搏斗展开了！
雄鸡又伸长了羽颈高歌：
它为黑夜播送葬曲，
它为白昼凯歌胜利。

鼠群惶惑地窜回潮湿的洞穴，
野狼夹着下垂的尾巴逃进深山，
鸱鸮也哭叫着飞藏在林间——
黑暗底王国崩溃了。

而将归消灭者也愈加疯狂，
群魔之王舞起多节的毛手，
扬播着黄沙像个暴跳的雷，
它发誓要埋葬那升起的太阳。
黄沙的飓风，挟着
群魔歇斯底里的呐喊，
一场光明和黑暗的激战！

什么力量能阻住黎明的车轮呢？
黎明飘着红色的舞衣，
循着黑夜走过的路来到人间。
凡被黑暗所染污过的地方，
都被光明所彩濯，
大地伸出欢迎的手笑了。
群席之王吐一口黑血，
倒卧在荆棘底丛莽。
群魔四散而奔逃，
它们哭嚷着彼此撕扯，
纷乱地向西方飞跑，
想去追赶那消逝的黑夜。

但轰响的金色的阳光，
一下子就把它们照耀着了。


它们暴露在明朗的阳光里，
就如同射在万道羽箭之下。
阳光把它们震撼眩迷，
眼睛里糊一层云翳，
耳内也像塞进黑哑的泥沙。
舌头结了冰，
再发不出什么声音；
头脑化为一块铅石，
再泛不起任何思想底波纹。
绝望的恐怖使它们
颤抖着像一群瘫痪者；
为着它们再不能
从大地上找到一片隐蔽的处所。
黑暗完全消逝了，
天边奏起云雀底歌声。


1941 年冬

# 万纳太太

## 一

万纳太太一眨眼，
就仿佛看见：
金钱、珠宝、丝织品
以及各式各样好吃的东西……
组成无数道河流，
呜咽着，哭泣着。
（那是多么好听的音乐呵！）
从法兰西，从荷兰，从丹麦，
从整个低着头的欧洲，
流向德意志，
流向她自己居住着的这个国家。
佩戴卐字臂章的占领军，
是勤劳的运输队。
而这些耀眼的河流，
波涛汹涌着流去。
穿过万纳太太底心扉，
又流进别人底家里。
万纳中尉在血洗的东线，

在冰雪的俄罗斯，
已经一个月没有信息了。
万纳太太鼓起眼睛望着
那些迷人的浪涛，
汹涌着流进别人底家里。

嫉妒像一把小铁锤，
敲着万纳太太底心窝。
敲呀，敲呀，敲呀……
敲得简直冒出火花来了。
火花溅到脸上，
脸都烧红了；
火花溅到眼里，
眼都烧焦了。


二


于是，她抓起一支笔，
愤怒震激得手指发颤，
也震激得笔尖发颤了。
而却抑制着，写出
无比的温柔。
（正如十年前那些
夹着玫瑰花瓣的情书）

　　"亲爱的万纳：

　　　你一定不会忘记你底

　　　好心肠的忧伤的小鸽子吧？……"

于是，她坦然地把"希望"

写在温柔的后面：

　　　"两双五号的女式皮鞋，

　　　一件玄色的貂皮大衣，

　　　十磅上好的牛油……"

写到牛油，万纳太太

干得冒烟的喉咙里，

泛滥起一股津液，

肚子里也响起战鼓了。


于是，她嘱咐"亲爱的万纳"，

凭了她底"和善、仁慈又那么正直，

永远不会在爱情上背信"；

凭了他是"纯粹的亚利安男子，

上帝手下的选民之一"；

从"野蛮的俄罗斯"那里，

从"罪恶的布尔什维克"那里，

施行一点"合理的权利"，

把这些东西，寄给

"等待着的安琪儿"。

## 三

万纳中尉从望远镜里
眺望着莫斯科底塔尖，
心里在寻觅着一个机会，
以填满那投来的"希望"。
然而，一颗愤怒的铅丸，
从红色的卫士手中射出，
永远消灭了那机会。
万纳中尉头向着黄昏的落日，
扑成一个十字，背望着天，
匍匐在战栗起来的土地上；
土地被鲜血殷红了凝冻了。

莫斯科底广播电台，
以抱歉的语调，
向"等待着的安琪儿"，
致送了义务的传达——
　　万纳太太：
　　请不要再徒劳地等待。
　　你底亲爱的万纳，
　　已经找到一个妥适的安息的所在。
　　上帝选定他，
　　并没有事负了他底和善、仁慈、正直。
　　至于那皮鞋、大衣和牛油，

对不起，你底亲爱的万纳，

永远不会再享有这"合理的权利"了。


而万纳太太底耳朵，

塞满了"元首"底诺言，

耳壳上还贴了卍字印封，

她听不见一切人间的声音。

她只听到五号的女式皮鞋，

玄色的貂皮大衣和上好的牛油，

在歌唱着，在歌唱着；

而且伴着歌声它们舞蹈——

多么美妙的节拍啊！

万纳太太看得都眼花了，

贪婪的光焰从眼里燃烧。


## 四


什么高贵的音乐，还比得上

绿衣邮人底叩门声呢？

当希望飞起的时候，

嫉妒就熄灭了。

万纳太太计算着日子：

"早该收到回信了！"

把心提到喉咙口，

连一根丝绳到耳根。

以至几次被狂风所戏弄，
跑出去，又瘫软地走回。
屋里是空空的，
红的绿的火星在空中乱飞。

然而沉浸在贪欲里的
等待的心永不疲倦。
果然，有人停足在门前了，
而且叩门了，
而且是多么急迫啊！
皮鞋、大衣、牛油，忽然
在心里头碰得叮当响起来，
叮当响着万纳太太去开门了，
带着一阵风。


五


而挺站在面前的，
代替盼望中的绿衣邮人，
是穿着平直的制服的盖斯塔波。
盖斯塔波翻着半尺厚的登记簿，
脸上闪着和悦的笑，

而却并没有失掉"日耳曼的严肃"：

"万纳太太——三十岁，
纯粹的亚利安族……"
万纳太太惶惑地点头。
然后她听到——那声音
仿佛是发自一座墓穴：
"那么，为了满足神圣的道德，
为了完尽崇高的责任，
为了遵从领袖底意志，
为了服役于你所热爱的祖国……"
听到这咬断铁条的声调，
万纳太太敏感地颤抖了：
"我要做些什么啊？"
她没有敢抬头，而她听到说：
"从今天起，你——
要加入配偶站！"
叮当响着的皮鞋、大衣和牛油，
化成一缕白烟静默了。
"你看到过在沸叫的油锅里，
倾进一瓢冷水吗？"
那命令者牧师般的训词，
就更显得雍容而温醇：
"你，还同着二百万士兵底家室，
得分享这光荣。

你们得在现有的
世俗及法律底限度之外，
去实行女人应尽的天职。
有三十万优种的亚利安男子，
等待着你们。
到将来，将由特选的人们，
保护你们底后裔。"


1942 年夏

## 鞋底歌

我捧着这双慰劳的鞋，
一分钟内沉进了梦似的境界——

我仿佛看见：
洒满阳光的会场上，
拥挤着大群女人，
绾着发髻的，
拖着长辫的，
斑驳的衣衫和裤管。
一个戴着军帽的女同志，
（人们叫她妇主任），
站在台上讲了一阵话。
台下发出山洪的掌声，
扬起了森林的手臂。

我仿佛看见，
麻油灯像调皮的小鬼，
一会儿摇摇头一会儿又眨眨眼，
灯前人的睫毛扑闪扑闪。
再用力睁一睁眼皮，

举起手里的针线。
这不是赶嫁奁，
也不是赤脚的亲人捎来信。
是为着——
（妇主任讲得明白），
是为着咱家八路军。

我仿佛听见——
幽幽的用鼻音哼出的一支小曲：
（她不敢高声，怕吵醒了
过度疲劳的母亲啊！）
　　八路军是什么人？
　　身儿离得远，心儿贴得近；
　　他们踏着雪花走，
　　我底脚呵冻得疼！

我仿佛听见——
这歌声慢慢地高起来，高起来：
（千百只柔润而清脆的喉咙
张大，组成一个大合唱！）
　　八路军是什么人？
　　是人民底胆，是人民底灯；
　　他们踏着雪花走，
　　人民底脚呵冻得疼！

这歌声惊醒了我，

我捧着这双慰劳的鞋。

1942 年 8 月 20 日

## 风箱谣

咕哒，咕哒，咕哒……
风箱永不疲倦地唱着歌。
夏天煮绿豆水，
冬天熬小米汤。

咕哒，咕哒，咕哒，
风箱唱着歌。
世界闷在蒸笼里。
太阳底针灸干青草。
乌鸦变成了哑巴，
不再给农民们送警报：
"哑哑，鬼子打来了！
哑哑，鬼子放火烧！
老乡们，快快跑，快快跑！"

林大娘，你还不歇手吗？
汗水爬行在你脸底褶皱里，
灶火要烤焦你花白的头发了，
你还不歇手吗，林大娘？

不，豆儿还硬，
我必须再添一把火。
说不定子弟兵
哪会儿就打这里经过。
他们嗓子热得冒烟，
他们比火烧的干锅
还更加感到焦渴呀！

咕哒，咕哒，咕哒，
风箱唱着歌。
北风敲击着茅屋顶，
大雪查封了所有的道路。
蛐蛐儿躲在炕洞里，
给两岁的孙儿唱催眠曲：
"吱吱，爸爸去打鬼子！
吱吱，妈妈在妇救会！
小宝宝，好好睡，好好睡！"

林大娘，你还不歇手吗？
湿柴嘶叫着呕吐青烟，
涩泪从你红肿的眼里呛流了，
你还不歇手吗，林大娘？

不，小米还生，
我必须再添一把火，

说不定子弟兵
哪会儿就打这里经过。
他们眉毛上挂着冰柱，
他们比冻结的水缸
还更加需要温暖呀！


咕哒，咕哒，咕哒……
风箱永不疲倦地唱着歌。
夏天煮绿豆水，
冬天熬小米汤。

1942 年 9 月 7 日

# 我看见你们了

## ——纪念雁北游击队司令员李林同志

八路军的名声雷一样响。
邻家底儿子们都参军去了，
她自己底儿子也去了。
到春天，村道上
婆姨们吆着毛驴往坡里送粪……

霹雳响在头顶上，
却看不见闪电底火花；
十年前她的两眼就瞎实啦。
自从债主拆掉她家底房，
把孩子底爸押到县上，
太阳就不再向她照亮。

她抬头望不见太阳，
虽然天天分取太阳底温暖；
她想象不出八路军底模样，
虽然她底心那么和他们贴近。
她常常整天整天地呆着脸想，
总是想着想着又扑哧笑啦。

长硬了翅膀的燕子出飞了，
上月梢儿子报名参加八路军。
儿子的胡髭早长成一把铁刷子，
而总刷不掉她最后的一瞥
所收进的那个记忆：
脑瓜遭留一道锅圈圈，
头预上扎一条水牛牛……

想着想着又扑哧笑啦：
莫非八路军都是
脑瓜遭留一道锅圈圈，
头顶上扎一条水牛牛吗？

一天，八路军开进村里来——
拐杖领着她找到队伍上。
她扔掉拐杖，
向空中伸出两只手，
那手由于激动而颤抖着：
"来，让我摸一摸！
瞎子底眼睛长在手心里。"

一个穿着军装的年轻人，
挺站在她底面前。
她踮着脚抬起胳膊——
那压着一缕长头发的耳朵，

那均匀地呼吸着的大鼻孔，
那坚实而滑润的脸颊……
都摸遍了，摸得很仔细。

她嘴里的热气，
嘘着那年轻人底脖颈，
嘘得痒痒的，痒进了心里。
一声压抑不住的笑，
宣露了一个秘密：
"八路军里还有女娃呀！"

一开始就伸长了脖子
注视着的一位新战士，
拍拍屁股上的土跳起来：
"女娃？老太太！
难道你没有听说过
我们底司令员李林同志吗？"

司令员李林同志早伸出手——
那拿过绣花针，
又被枪把磨出茧来的手，
和那瞎女人紧紧地相握了。

阳光跳在那张瞎脸上，
额头底褶皱都笑得绽开了。

白色的眼珠用力翻了翻，
仿佛天空闪过一道彩虹。
感动使她变成小孩子底音调：
"我看见你们了！
我看见你们了！"

1942 年 10 月 20 日

# 问天

这一口口盐井是谁掏
这一片片盐滩是谁浇
　　这一口口盐井是咱伙计掏
　　这一片片盐滩是咱伙计浇

这一堆堆盐土是谁刮
这一垛垛滤泥是谁挖
　　这一堆堆盐土是咱伙计刮
　　这一垛垛滤泥是咱伙计挖

这一座座盐灶是谁烧
这一锅锅盐水是谁熬
　　这一座座盐灶是咱伙计烧
　　这一锅锅盐水是咱伙计熬

这一口口盐井是用什么掏
这一片片盐滩是用什么浇
　　这一口口盐井是用咱青筋掏
　　这一片片盐滩是用咱汗水浇

这一堆堆盐土是用什么刮
这一垛垛滤泥是用什么挖
　　这一堆堆盐土是用咱手爪刮
　　这一垛垛滤泥是用咱肋条挖


这一座座盐灶是用什么烧
这一锅锅盐水是用什么熬
　　这一座座盐灶是用咱骨柴烧
　　这一锅锅盐水是用咱骨髓熬


咱伙计青筋掏
咱伙计汗水浇
　　为什么掌柜的把绫扇摇
　　为什么掌柜的白吃饱


咱伙计手爪刮
咱伙计肋条挖
　　为什么掌柜的把鸟笼拿
　　为什么掌柜的闲溜达


咱伙计骨柴烧
咱伙计骨髓熬
　　为什么掌柜的把娃娃抱
　　为什么掌柜的乐逍遥

我问老天天不答
我问盐神神他也不说话
　　盐神神本是个泥圪垯
　　老天爷和掌柜的原是一家


盐神神本是个泥圪垯
　　要你这盐神神干什么
老天爷和掌柜的原是一家
　　我一脚把你也踢垮了吧

## 十里盐湾
### ——种盐英雄郭负才


小理河流水哗啦啦
咱穷人翻身笑哈哈
你把鼓敲来我把锣打
乡亲们围来了一圪垯
编个新歌唱一唱吧

什么歌儿人最爱
种盐英雄郭负才
什么花儿咱们栽
白个生生盐花锅里开
花开四季常不败

生在河畔会扳船
生在梢沟会开山
生在炭窑会掏炭
生在盐湾会种盐
行行里头出状元

行行里头出状元

种盐的状元出在水交湾
毛主席请你下延安
大会开了十几天
中央的首长都见了面

毛主席亲自把话拉
种盐的事儿说细法
胸前佩一朵大红花
金锣金鼓带唢呐
喔哩哇啦送回家

回到家来真喜欢
买的新窑四五眼
买的毛驴安的磨
大缸里米谷小缸里面
一家团圆过新年

团长政委来拜年
吴区长亲手贴春联
团结斗争是核心
生产劳动做模范
鲜红的纸儿泥金边

全村老少都来看
这个夸来那个赞

婆姨笑得抿不住嘴
老汉乐得点不着烟
嘻嘻哈哈水交湾

水交湾里高山畔
高山畔上眼界宽
眼看栽秧成杨柳
小理河滚漕几回还
一袋烟一闪三十年

三十年一闪一袋烟
眼时红火想从前
老家原住三川口
那时节你才二十三
颗粒不收遭荒年

管你荒年不荒年
主家照旧逼租钱
一逼两逼没法办
典了窑洞卖了田
扯根枣棍走西川

一副挑筐肩上担
一头猴娃一头破毛毡
没饿死的婆姨跟后边

一步三摇两腿酸
走到哪里把身安


叫声掌柜你周全
我们来到啥地面
一排排石窑起大院
这里可有营生干
婆姨做饭我种田


姜家掌柜肚皮尖
仔细打量翻白眼
你们来到水交湾
不种秋田种河滩
不出五谷出白盐


我就给你种河滩
只要你卖力不偷懒
婆姨给你奶娃娃
把你的猴娃撂一边
两口子卖给了姜白眼


猴娃瘦成棒棒干
姜家儿子胖圪蛋
姜白眼抱个火罐罐
郭负才撒水野河滩

老牛上套三十年


三十年种盐十里盐湾
堂柜的嘴脸看个遍
姜家盐井换栾家盐井
杨家河滩变张家河滩
换来变去总一般


天下的老鸹一般黑
天下的鹁鸪一般灰
数灰数到十里盐湾
十里盐湾灰掌柜
灰眉灰眼灰肝肺


说他个灰来真是个灰
把咱伙计呀敲骨又吸髓
数一锅白盐熬一锅汗
撒一勺清水撒一勺泪
人家享福咱受罪


二十四年六月初三
西风天倒东风天
为咱穷人打江山
横山里下来个刘志丹
引一彪人马占南川

刘志丹扎营在清涧山
怕得白军脑门发旋
狗营长忙把弟兄唤
快把大炮架在河滩
没头没脑地往山上掀

头一炮打在柳树滩
二一炮落进小理河湾
三一炮没响是个臭弹
一个冲锋坏了狗营长的官
稀里哗啦跑了个欢

一连长怕得门板下钻
二连长挂彩把肋条穿
三连长跪地叫青天
白军缴枪领盘缠
风声轰动十里盐湾

马家沟修起新民寨
六月十二红军要来
掌柜们慌忙寨子里钻
伙计们风吹笑颜开
这一下忙坏了郭负才

玉帝圪垯鬼见愁

打上窑窑定箭头
放哨送信引路路
滚崖溜畔钻沟沟
星光里开会鸡叫走

阴坡坡下雨阳坡坡晴
掌柜哭鼻子伙计高兴
三月里桃花笑东风
十里盐湾看乎就变红
红军过河去东征

红军东征刮了个远
千里雷声万里闪
何八坐定绥德城
磨磨军修起碉堡线
黑云压顶十里盐湾

保安大队安营盘
掌柜们又在街当心站
腆着肚子骂共产
郭负才封嘴不言传
低着头儿下河滩

自家日子照旧前
典两眼土窑稀巴烂

炕上没席哪里来条毡
缸里没米哪里来些面
锅里煮一些糙糙饭

麻油点灯照着婆姨汉
愁眉锁眼没笑脸
炕圪崂娃娃挤成一团
一条被子盖不严
杀人不过老冬天

冬月里来蜡梅花儿开
风尘尘不动树梢梢摆
南路里闪上个张文正
梦也梦不见的好人来
一找找见了郭负才

郭负才一见张文正
手把着手儿叫弟兄
慌忙引到家里来
你就在咱这垯盛
有人来盘是表亲

张文正一心为咱穷人
郭负才穿针把线引
柴庆堂来吴纪名

还有许多好弟兄
一垯里商量闹斗争

张文正说的句句清
河东里发来了鬼子兵
顽固坐定绥德城
破坏抗战挡住咱八路军
勾结鬼子做内应

顽固头子何绍南
他和鬼子暗相连
保安大队二花脸
一块阴云遮住天
警区百姓火油煎

警区百姓火油煎
警区百姓盼延安
郭负才问一声张文正
毛主席身板可康健
头顶上太阳挂青天

唑啦啦唑啦啦吹北风
大河河小河河都结冰
浮起结冰梆个朗朗硬
底里流水哗啦啦不停声

埋好的火炭隔夜红

心里红来面面上凉
只发热来不放光
发热烘暖伙计的心
放光惹的掌柜慌
斗智不在嘴头上

心里红来面面上亮
又发热来又放光
发热点着斗争的火
放光照亮前进的方向
伙计们团结有力量

二十九年正月二十三
绥德赶走了何绍南
保安大队齐滚蛋
警区人民过新年
筛锣敲鼓又把新衣穿

王震将军进驻绥德城
三五九旅扎大营
喜讯报到十里盐湾
十冬腊月河开冰
呼啦啦红旗插在高山顶

掌柜们心里扑咚咚
压着舌头咬耳根
何八的姐夫胡宗南
何八的大哥何应钦
派上大兵来反攻

一个苍蝇噌噌噌
两个苍蝇哼哼哼
三个苍蝇嗡嗡嗡
四个苍蝇哄哄哄
掌柜们见面胡唧哝

歪嘴和尚念藏经
念来念去顶毡用
何八是他们老祖宗
吓得腿软走不动
叫人抬进榆林城

伙计们脸上刮春风
聚到一垯来谈论
郭负才出的好主意
咱们先把工会成
随后进行四六分

郭负才说话刚住声

众人拍手都赞成
立马选你做委员
工会带头闹斗争
斗争掌柜四六分

掌柜一见风头硬
变个笑脸施软工
提一壶酒来割一溜肉
来到工会套交情
咱们今天喝几盅

郭负才一见气冲冲
云缝里太阳洞洞里风
蝎子尾巴掌柜的心
你们面面上笑盈盈
笑里藏刀暗伤人

草鸡下蛋脸憋红
掌柜的低头不吭声
十五个吊桶来打水
七上八下扑咚咚
掌柜的心里发了慌

好一个日子六月初八
三皇峁开会闹喋喋

掌柜们发言蚊子叫
伙计们讲话山洪发
掌柜的骨头松了架

松架松架松了架
大家说咋就是咋
四六分就四六分
迩刻的世事不由咱
伙计们说话定大法

掌柜的威风毬势啦
灰溜溜地走回家
眉头上挽起个大圪垯
喉咙里塞了块烂棉花
见了婆姨不说一句话

伙计们人人都高兴
工会说甚就是甚
郭负才头前把路引
强将底下没弱兵
十里盐湾翻了身

十里盐湾翻了身
感谢共产党和八路军
头上的太阳当空里照

毛主席为咱来操心

他是咱斗争的带头人

唱完了倒灶的三十年

乌云冲散见青天

自从来了共产党

枯井里头冒清泉

红火热闹十里盐湾

今天盐工不比从前

秧歌高跷闹的喧

只因为往日里吃够了苦

迩刻的日月才分外甜

乐乐和和过新年

秧歌队初一来拜年

给英雄拜年多喜欢

郭凫才名号雷声响

全边区百姓人人传

英雄带头大生产

1945 年春节于陕甘宁边区绥德分区子洲县

【后记】

　　1944 年 12 月 30 日，我随同孟波、刘炽、于兰、唐荣枚由延安出发，赴绥德分区闹秧歌并采风。到绥德后，又兵分两路：孟、于、唐去葭县；我与刘炽去子洲县，住十里盐湾。为了帮助盐工队闹秧歌，写了一些唱词，大都是依照民歌小调填写的。这篇《十里盐湾》便是调寄《打黄羊》，又略加变化，第五句未重唱第四句，而增铸新辞，唱法还是一样的。在当时都是由我编词，由刘炽教唱。这篇《十里盐湾》由于太长，只传唱了开头十几段，后来便分成两篇收录在诗集《十里盐湾》（1953 年人民文学出版社）中，现在复原又把它合起来了。时光飞渡，转眼过了四十多年，十里盐湾已经随着新中国的建立，起了翻天覆地的变化，当年的盐工和他们的子弟，还经常叨念抗战时期闹秧歌的红火热烈劲头，有些歌词"至今还传诵着"。这是子洲县委茂林同志来信告诉我说的。姜茂林同志在信中还特别指正我错记了的几个地名和人名：前者，如"水交湾"应是"水浇湾"，"马家沟"应是"马蹄沟"；后者，如"郭负才"应是"郭富财"，"吴纪名"应是"吴继明"，"张文正"应是"张文直"。信中还说，现在只有"柴庆堂同志仍健在，已经七十有八了，长期担任盐湾的支部书记。因年事已高，近年在家休养"。另外，子洲县委于今年八月间更将一册仍在当地流传的《十里盐湾》复印本寄我，题辞说："这是您对十里盐湾人民的奉献，也是十里盐湾人民给您的回赠。"对我说来，这是最高的奖赏和永生的纪念。

1989 年 12 月长春

不　惑　集

## 出发

### ——延安是我们的立脚点，又是出发点

"共产党，
像太阳，
照到哪里哪里亮……"

大声唱着歌，
挎起背包，排好队伍，
我们出发：

从延安，
从毛泽东的检阅台前，
从毛泽东高高伸出的手臂下。

迈开弹性的阔步，
向四面八方，
向全中国。

我们是毛泽东撒出的火种，
我们是毛泽东放射的光芒。

翻越高山，
涉渡深水，
穿过无边的草原和森林，
前进，前进，前进……

把温暖送到最寒冷
和所有一切寒冷的地方；
让风雪的严冬
永不再临。

把光亮送到最黑暗
和所有一切黑暗的地方，
让魔鬼的黑夜
永远消灭。

向前，向前，向前！
向四面八方，
向全中国。

让全中国
和我们一同歌唱：
"东方红，太阳升……"

让我们
和全中国一同歌唱：

"哪里有了共产党，
哪里人民得解放！"

1945年9月于行军途中

# 大道

早前，这里被蔓草和荆棘封锁：
只有狐狸来串游，
只有豺狼来作窝，
只有荒风呼啸疾驰，
只有野鹰盘旋飞过……

八年了，我们底人
打这里往来穿行：
映着磷火和星光，
屏住呼吸，猫着腰，蹑着脚，
脚下却又像装上弹簧——
顾不得摘下扎在腿肚上的枣刺，
顾不得擦一擦额角的汗水，
为了躲避山峁上碉堡里
飕飕扫射过来的弹雨。

今天，我们底大队人马：
从那黄河西岸的鹰形地带，
从陕甘宁浩浩荡荡开了过来。
八年来的一条羊肠小路，

踩成了平坦的光明大道。


一个白胡子老汉做向导，
梳着小辫的孙女儿也跟来看热闹。
老汉一面领我们前进，
一面扬起手指划着：


"远看，那里雾气腾腾的，
是千年老辈子留下的官道；
阎锡山从那里灰溜溜逃跑，
日本鬼子从那里杀过来，
眼时，道心里却长满青草。


"你问怎么长满了青草？
只因为没料想鬼子垮得这么早——
入秋刚布下的地雷阵，
还没有腾开手起出来呀！
民兵们都集合出发，
追下去，说是要解放太原了。"


政委抿嘴笑着拍拍老汉底肩，
又弯身抚摸一下小孙女底脸蛋，
"那官道嘛，如今废了。——
走咱们自家踩出的大道吧！"

小孙女拨甩着小辫子
搭话了，清脆的声音像银铃：
"还是这条新道道好，
它一直通着后山崖柿子林。"

老汉乐得哈哈大笑，
阳光在那雪白的胡子上闪跳：
"对呀，对呀！等来年清明，
咱把柿子秧儿栽满这新道两旁。"

"还要栽上些山楂，毛杏，核桃——
嘿，黄鸟爱落到杜梨枝儿上叫……"
饶舌的孙女儿话还没说完，
政委就把她双手捧起来了。

政委捧起小孙女儿亲了又亲，
整队人马发出一阵欢呼的山洪：
"高山峻岭咱们脚踏平，
劈开一条大道向前进！"

1945 年 9 月于晋察冀行军途中

## 忘掉它，这屈辱的形象

到处是九十度的鞠躬，
在街头，在会场，在办公厅。

到处是九十度的鞠躬，
那么温顺，那么恭敬，那么小心。

到处是九十度的鞠躬，
都是些青年，都是些学生，都是些员工。

到处受到这样的敬礼，
像无数把尖刀刺进我底心里，
我底眼眶发热变湿……

我闭上眼，不敢正视
那些暴着青筋的笑脸；
我想呼叫，想呐喊，
而我躲进苦痛的沉默里了。

鞠躬到九十度，
——俯身授首，引颈就戮。

这是向法西斯的屈服，
这是奴隶底礼节；
它滴沥着刺刀的鲜血，
它咽诉着皮鞭的恐怖。

本来我所久久渴念的地方，
——这被脔割的祖国底一肢啊！
人们生长，呼吸着烈烈北风，
人们奔驰，在大野、在高山、在无边的森林；
这里不缺少斗士和英雄，
正如这里不缺少大豆和高粱，
人人都坦直，爽朗，豪放。

而十四年的浩劫酷毒，
改变了原有的面貌；
田垄里播种着父祖不屈的头颅，
儿孙们却学会吞着泪水赔笑。

到处是九十度的鞠躬，
它描绘出法西斯底淫威残狠。

而法西斯已被我们打倒，
今天面对的是自己的兄弟同胞。
让我们紧紧地相握，

废止这奴隶底礼节吧！
凡是中国人，
都应该挺直胸膛挺直腰。

那些昨天还骑在我们头上的强盗，
那些躲在黑影里的匪徒，
让他们扒着门缝偷看吧！
让他们把肚皮气鼓吧！

我们，我们要迈开七尺的阔步，
向前走，更向前走！
扬起永不再低下的头，
我们要做主宰自己命运的主人。

主人底腰杆是坚挺的，
废止这奴隶底礼节吧！
忘掉它，这屈辱的形象，
像忘掉昨夜的噩梦一样。

1945 年 10 月于沈阳
原载 1946 年 4 月 10 日《胜利报》二版

## 中华人民共和国颂歌

我从一座高大的饰着松枝的拱门中走出。
巨幅的绣着镰刀锤子的红旗
和五星红旗交叉在门首上,
在十月底高空里,
掠着彩云,迎风飘扬。

我阔步行进在大街当中,
大街已经淹没在旗帜底海里了。
每个人脸上都笑开了花,
和那旗面一样鲜红。

我向每个人招手,
每个人向我点头;
我想向每个人拥抱亲吻,
向迎面走来的每个男人和女人。

人们,我叫不上名姓来的,
在今天以前从没有见过一面的,
却又是这么稔熟,这么亲切,
我永远分离不开的人们呵,

我亲爱的中华人民共和国底同胞！

我们生活在一个时代里，
战斗在一个时代里，
地主老爷底皮鞭和帝国主义强盗底刺刀，
驱迫着我们走上共同的命运。
我们底血和泪共同流在一起，
共同被风雪吹打被太阳煦照。

今天，呵，今天——
听啊，听啊，
让我们共同来听啊，
让我们共同聚精会神地来听啊！

这轰轰隆隆，荡荡滂滂
如同山洪，如同飓风，
如同分裂岩石的瀑布底音响——

汹涌着，激荡着，倾泻着，
向东方，向西方，向南方，向北方，
它打开一切通往未来的闸门，
冲破一切阻挡前进的堤防。……

这是毛泽东主席底声浪，
这是毛泽东主席在宣布：

中华人民共和国中央人民政府，
已于本日成立了！
占人类总数四分之一的中国人，
从此站立起来了！

我们底心随着这共同的韵律而跳动，
我们底脸上泛着共同的笑底红光。
来啊，我亲爱的中华人民共和国底同胞们，
让我们共同为这千载难逢
万古流芳的开国底吉日良辰，
来尽情地欢腾庆祝吧！
是跛子也要舞蹈，
是哑巴也要歌唱。

歌唱，歌唱啊！
歌唱我们底领袖毛泽东主席：
你伟大的开创者，新中国底太阳，
东方殖民地人民矗立云表的灯塔啊！
你底名字同人类智慧底光源——
马克思——恩格斯——列宁
前后辉映着，照亮了
整个世界，整个人类底历史。
你伸出的巨手，
吓得一切暴君发抖，
而使奴隶们得到荫庇。

歌唱，歌唱啊！
歌唱我们底生命中国共产党：
你工人阶级底脊椎和脑髓，
你以渗透了毛泽东思想的纽带，
把镰刀锤子和冲锋枪联结起来；
而给一切殖民者与卖国贼敲响了丧钟，
像垃圾一样把他们扫荡。
你以头颅播下真理底种子，
以血灌溉祖国底大地。
如今胜利底花朵已经开放，
钢铁的花朵，赤金的花朵，不谢的花朵啊！

歌唱，歌唱啊！
歌唱我们勤劳刚毅的四万万七千五百万，
歌唱每个劳动者，歌唱我们自己：

我们底工人，
正以主人翁底身份，
用粗壮的手开动他们底机器，
当下工的汽笛鸣过，
在走回家的披着彩霞的路上，
还在涨红着脸热烈地讨论
怎样把创造新纪录运动推进。

我们底农民，

伸开短短的茁实的两臂，
紧紧拥抱他们分得的土地；
并且勤恳地用爱情把它耕耘，
用汗水把它滋润，
响应村支书号召，变工插犋。


哦，我们底老人，
聋了的耳朵又听清了，
花了的眼睛又看真了。
我们底青年，
像一团火，
走到哪里，
哪里就爆发出欢乐的歌声。
我们底儿童，
还没有等老师来教，
就做起活捉蒋介石的游戏来了，
——完全是自己的创造。


所有我中华人民共和国底同胞，
我们生长在这个年代这个国度，
都分享着毛泽东主席底光照，
都接受着中国共产党的抚育——
我们是多么幸福，多么骄傲，
力量在我们青春的血液里燃烧。

古老的历史，痛苦与屈辱
串成的岁月啊，像一条破布片
被我们底手扯断了。
在领袖和党底领导下
我们终于冲出了
荆棘与蛇蝎底幽谷，
——封建主义资本主义底幽谷啊！
毛泽东底路标指引着
我们走上了宽阔的
通往社会主义的新民主主义底大道。
枯了的井又冒着清泉，
干了的河床又涌现着波涛。
新中国底太阳披着彩虹，
从灿烂的东方底地平线上，
轰响着升起来了，升起来了！

多少年来，多少艰苦的岁月啊，
我们在想念着这一天。
人间啊，再没有哪一种刻苦的相思，
会超过我们忠贞的渴念。

在车间，在坑道，在瓜棚，在战壕，
在笼罩电网的冰冻的监牢，
我们窃窃耳语着这一天。

在没有月光的胡同里，
我们用粉笔涂满墙壁，
向工人和市民预言着这一天。

面对着法官和执刑吏底拷问，
我们睥睨地注视着他们；
火一样的回答使他们打颤，
我们讲的正是这一天。

当连续工作了十二个钟头，
疲倦地昏睡在案头；
轻轻地轻轻地走进梦里来，
给予像爱人像母亲般的抚慰的——
也还是这一天啊！

哦，都是这一天，
都是这一天，
我们满心想念着的都是这一天啊！

当我们必须学会以手摇车纺纱，
为了克服敌人封锁的困难；

当我们必须把亲生的孩子丢给陌生人家，
为了赶上战斗的队伍继续向前；

当我们攀行在雪山草地，
而又必须煮食皮靴和马鞍；

当我们飞跑七十里渡过封锁线，
没有一滴水，而要讨喝别人底溺便；

当我们为完成追歼敌人的任务
而冲锋，冒着零下四十度的严寒；

当我们抱起爆炸筒，
冲向敌人底碉堡的瞬间……

而我，一个普通的教员，
我底对象是这一代无邪的青年：
他们底心地像他们底眼睛一样清澄，
像他们乌黑油亮的头发一样纯洁，
他们底热情像野火；
十九个年头了，在讲台上，
我反反复复地向他们讲说着这一天。

而今，这一天终于来到了，
这么欢乐地，这么荣耀地来到了。
所有的城镇都为它披红挂彩，
所有的锣鼓都为它鸣奏起来；
灯塔和火炬为它大放光明，

把昼与夜底界线抹掉，
把城市和乡村连接到一起；
礼炮为它威武地轰鸣，
气球为它高高地，高高地腾上晴空。

十月底晴空啊，这无色透明的晴空，
看得见吗？大气流里，
正飞逐着无数无数祝贺的电波。

这电波发自全国各个角落，
发自各地党底中央局、分局和各级组织，
发自腹地和边疆各个少数民族，
发自各种人民团体，各个劳动者底心坎里。

它也发自全世界：
发自各国兄弟共产党底总部，
发自各个人民民主国家底首都，
发自希腊，越南，菲律宾，马来亚底火线上，
发自阿非利加和拉丁美利坚群众底集会中，
发自华盛顿，伦敦和巴黎欢呼的游行的行列……
嘿，它还发自工人阶级底苏维埃祖国，
列宁曾望着第一面升起的红旗微笑的地方，
斯大林正衔着烟斗绘制新的历史蓝图的地方，
——时代底飓风吹着二十万万人民
向着它一边倒的莫斯科。

哦，你飞逐着的无数无数祝贺的电波
崇高的爱国主义——国际主义的祝贺，
水门汀的团结，金刚石的团结啊！

你，垂死的资本主义水蛭，
你，希特勒，戈培尔，里宾特罗甫①底幽灵，
你，洋鬼，海贼底后裔，艾奇逊，
你嘴角淌着白沫，舌头滴着血，
你在痉挛地喃喃些什么？
——退后去，滚开吧！
你不敢……
这里是中华人民共和国！

我挺起胸膛站立在
高大的饰着松枝的拱门之前。
巨幅的绣着镰刀锤子的红旗
和五星红旗交叉着，
庄严地飞舞在我底头顶上。

1949 年 10 月 1—2 日于沈阳—长春

---

①三人都是德国法西斯反动头子。

## 烈士赞

夏天的夜里，
树枝筛着月影慢慢移动。
母亲坐在草地上向孩儿发问：
爸爸呢？你底爸爸呢？

孩儿睁大眼睛，
抬头向天上找寻。
——倏地伸出兴奋的小手，
扳起母亲低垂的头。

妈妈你看哪，
你往远里远里看：
爸爸在天上照耀，
爸爸对着我们笑。

孩儿底小手，
指向一颗明亮的金星。
那小小的手臂伸得硬直，
活像父亲英武的神气。

母亲一阵心跳站起身，

眼睛和星光一样明亮；

紧紧抱起孩儿亲吻，

久久不放，久久不放。


是呵，你在天上照耀，

你在对着我们笑；

是呵，你在天上照耀，

你在对着人类笑。


当你抱起爆炸筒，

和敌人一同粉碎——

敌人永远化作脚下的污泥，

你就变为一颗灿烂的金星。


你在夜天底高空里照耀，

你在战士底头顶上照耀，

你在荫庇我们的国旗上照耀，

你在人民底心坎里照耀。


1950 年 8 月于长春

# 英雄赞歌

## 一

风烟滚滚唱英雄，
四面青山侧耳听，侧耳听。
晴天响雷敲金鼓，
大海扬波作和声。
人民战士驱虎豹，
舍生忘死保和平。

为什么战旗美如画？
英雄的热血染红了它。
为什么大地春常在？
英雄的生命开鲜花。

## 二

英雄猛跳出战壕，
一道电光裂长空，裂长空。
地陷进去独身挡，

天塌下来只手擎。
两脚熊熊蹚烈火，
浑身闪闪披彩虹。


为什么战旗美如画？
英雄的热血染红了它。
为什么大地春常在？
英雄的生命开鲜花。


三


一声吼叫炮声隆，
翻江倒海天地崩，天地崩。
双手紧握爆破筒，
怒目喷火热血涌。
敌人腐烂变泥土，
勇士辉煌化金星。


为什么战旗美如画？
英雄的热血染红了它。
为什么大地春常在？
英雄的生命开鲜花。


1963 年秋

【附记】

为故事片《英雄儿女》插曲制词，刘炽作曲。

## 鞍山行

我把组织部底介绍信揣在内衣的口袋里，
像一只巨大的手捂住我突突跳的心口，
肃肃然走出东北局大楼长长的走廊，
我看见门岗同志黑色的眼睛里闪着油光。

太阳从密排的街树梢上探过头，
满脸淌着大汗向我热烈地招手。
花花绿绿喜气洋洋的拥挤的人群，
踏着大秧歌的舞步迎面走来。

汽车低吼，电车高鸣，马拉车发出辚辚的声响，
还有那铿锵地敲着铜锣的颜色鲜艳的货摊，
以及嘈杂的叫贩和音调清脆柔和的卖花女郎，
为我欢乐地合奏一阕祝贺的乐章。

是的，螺丝钉——无论摆在什么地位，
都一定旋得紧紧的，牢固、坚实。
运转着的整部机器发出呼隆呼隆的声音，
都将给它以震荡，并引起金属的回应。

但是，我仍然这样兴奋，这样激动——
当我修满了两头沉和皮转椅的苦功，
当我结束了黑砚汁和蓝墨水的航行，
当我绕出了以黑板和书橱砌成的无尽长的胡同。

啊，我沿着宽广的大街行进，
瞪起眼睛望着前方，
像一个第一次走近校门的刚满学龄的儿童，
像一个驰赴婚宴的年青的新郎……

是谁嘘着温暖的气息低唱在我底耳根：
快些，再快些，迈开三尺长的阔步，
奔向前去啊，以你底全部爱情和忠诚——
在那里，火热的心和钢铁正一齐沸腾。

面对任何困难，挽起袖子来！
锤炼，才能发出声音和光彩。
而你，也将像钢铁一样灼热，
而你，也将像钢铁一样鲜红。

挥起十丈长的铁扫帚，
扫掉那一层层的结在记忆中的蜘蛛网，
连同那些粘在网上的发霉的尘土，
都彻底打扫净光！

那些由于自私而变矮的人形，
那些由于忌妒而歪斜的眼睛，
那些由于猜疑和作伪而患梦游症的灵魂……
像泼掉一盆泛着肥皂沫的洗脸水，滚它们的吧！

你理应骄傲，而且感到幸福，
因为你生长在毛泽东底阳光普照的国度。
当人民底理想已经化作彩霞从东方升起，
降落在花枝和草叶上的夜霜哪能不消融？

头上洒满阳光，高高挺起前胸，
我听着这亲切的低唱伴着那祝贺的乐章。
这歌声越唱越嘹亮，越唱越激昂，
最后，它变成一阵飓风把我卷上天空。

我脚下像踏着厚厚的厚厚的浮云，
我底心口突突地突突地跳着。
我伸手插进内衣的口袋里，摸了又摸
那被胸脯熨得发烫的组织部底介绍信。

1951 年 10 月　沈阳

## 争吵

### ——鞍山散歌

月亮为他们发出清丽的光辉，
花丛为他们喷放浓郁的香气。
他们商量着挑选一个好日子，
想到它就心跳的幸福的日子啊！

——等十月一号国庆节？
——你总是往后拖！……
——等七月一号党底生日？
——还得两个来月！……

——那么，就在下星期六吧？
先是一声短笑，随后一个长吻。
——哎呀，房子可没法解决！
她挣脱身，像是从沉醉中猛醒。

——难道你搞张房票还不容易吗？
（她原是房产管理科底主任干事。）
——这就怪你们底进度太慢啦！
（他本是土建工程处底技术员。）

五月的夜风猛摇着花枝。
——宿舍嘛，不是新修了十万多平方米？
——职工呢，你晓得新添了多少？
月亮板着脸躲进金边的云影里。

“嘿，嘿！着什么急，着什么急？
修建任务都完成了，都完成了！”
绿色的小星顽皮地眨眨眼：
“你胸前的奖章已证明了，已证明了！”

“咦，咦！噘什么嘴，噘什么嘴？
房子分配是无私的，是无私的！”
倒垂的柳丝轻柔地点点头：
“职工大伙都满意的，都满意的！”

他们各为自己单位底荣誉
辩解，带着激情和恼意；
像两把对唱的拧紧的丝弦，
越弹越快越高越急……

而五月的夜风伴舞着花枝，
却悠悠然发出和解的赞美歌声：
看啊！闪烁在那一片汪洋的灯海之上，
不正是你们底勤劳、智慧和忠诚吗？

花朵由风吹而香气更浓，
爱情因争吵而更坚更深。
但爱人底争吵总是有头无尾，
不知不觉风停了花枝也不再摇动。

于是，穿过云堆一样的紫丁香丛，
踏着被露水打湿的草径，
走向明灯煌煌的集体宿舍，
他们闪在阴影里接吻告别。

别了，他却不肯松开那紧握的两手：
——那么，就决定在下星期六？
月亮又探出头来瞧着她那笑的酒窝：
——这个嘛，咱以后再说吧！……

1954 年 5 月于沈阳

## 福莱斯特尔底幽灵挨门拜访

〔美联社纽约一月二十八日电〕……纽约市长华格纳底一个助手皮尔证实：有个神秘的人，星期四下午打电话说，在纽约、费城和华盛顿底大厦里，有人放下原子弹。以后，曾做了预防检查。……皮尔说：纽约警察搜查炸弹班底人数增加了。……美国对炸弹的恐惧是很普遍的。

并不是眼花，也不是做梦，
是福莱斯特尔慌张地按门铃——
穿着长长的闪光的花条睡衣，
胯骨由于跌伤而畸形地隆起，
右颊上印一块沾着泥的青色血痕。

纽约市长华格纳先生，
习惯地做出一副笑脸相迎：
"啊，久违，久违！请，请！"
他舌头打结，有些口吃，
却殷勤地拉开客厅底玻璃门。

"不，我没有时间久停，
我准备挨家挨户去访问。"

客人吹着墓穴的冷气，几乎是耳语：
"我特为告诉你一项最秘密的消息——
有人埋放了原子弹在帝国大厦①里。"

福莱斯特尔转身走了，
消逝在昏黄的街灯映出的夜雾中。
华格纳先生火烧一样抓起电话机：
"喂，喂！皮尔，皮尔！十万火急！
快快通知民防局长彼得逊……"

于是，民防局底人员紧急集合了：
有人气喘地跑来，左手提着裤腰；
有人歪戴着老婆或是娼妓底绣花睡帽。
他们奉命出发到帝国大厦，
限午夜以前做好预防检查。

在华盛顿，联邦调查局应接不暇——
费城、宾夕法尼亚同纽约一齐来电话，
用同样战栗的声音报告同样的机密；
俄亥俄、巴丢卡、哥伦布斯、肯塔基，
接连不断发来焦急的询问……

百老汇俱乐部底夜总会宣布中止，

---

①帝国大厦，纽约一座高楼的名称。

戴假面的小姐们低泣着晕倒了；
皮球一样的老板们在地板上痉挛地打滚，
瘫痪在吸烟室的杜勒斯窒息地透不过气；
本特莱夫人底白臂盘住麦卡锡多肉的脖子⋯⋯

这一夜，白宫和五角大楼都没有合眼皮，
包括那位盛怒的醉螳螂似的长腿艾克，
和他肥胖的夫人和三位公子。
总统官邸宽敞的阳台上，开来了
以防万一的直升飞机⋯⋯

第二天清早，每一家医院里，
都临时增加了许多许多病号——
有的是心惊肉跳，血压突然增高；
有的是止不住地喋喋谵语；
有的是看见阳光就发歇斯底里⋯⋯

随后，一个庄严盛大的亡灵祭举行了：
"愿福莱斯特尔将军底幽灵上升天堂！
愿上帝福佑合众国！愿把最严厉的惩罚⋯⋯
（原子弹！——祝祷中的奥克斯南主教脑子里这么
一闪）
降落于那些背叛的人们和背叛的国家！"

而在唱圣诗的时候有谁打了个喷嚏，

旁边一位太太神经质地发出一声尖叫，
接着，有人吹了一声口哨喊道："爆炸！"
呼啦！大半数信徒打破窗子冲跑了，
颤抖的法烛也从奥克斯南主教手里扔掉了。

从此，福莱斯特尔底幽灵夜夜出来游荡，
不分官府和私宅，他挨门拜访——
穿着长长的闪光的花条睡衣，
胯骨由于跌伤而畸形地隆起，
右颊上印一块沾着泥的青色血痕。

1955 年 2 月 12 日于北京
鼓楼东大街文讲所

## 爬也是黑豆

爸爸和儿子一同来到谷场中，
谷场上有一片黑咕隆咚。
爸爸说："那是黑豆豆，"
儿子说："那是黑虫虫。"

爸爸和儿子发生了争论，
做爸爸的当然是理直气盛。
真理自然要一边倒在他手里，
这用不着证明就可以肯定。

可是，儿子忽然高兴地大声吼：
"爬哩，爬哩！爸爸，你瞅，你瞅！"
爸爸不耐烦地勃然大怒：
"瞅什么？爬，爬！爬也是黑豆！"

1956 年 1 月于北京

## 据说，开会就是工作，工作就是开会

作为一个记者下厂，
我到处看到朝气蓬勃、前进和新生；
而这一天却遇到一件意外的事情，
我不禁怦怦心跳，大吃一惊——

当下班的汽笛还没有收住尾声，
工厂底大门砰然关得紧紧。
"守卫同志，晚间我还要发稿……"
而他根本不听，也不看我底证明。

守卫同志只简单地挥挥手：
"快去参加会议，不能走！"
我几乎暴跳起来，我大声抗议：
"你们在违法干涉别人底自由！"

我吵嚷着，慢慢又冷静下来一想：
这是误会，不过里边有名堂。
于是，我急忙转回身，
决定去找工厂底领导采访。

……厂长室里不见一个人影，
党委书记室早锁上了门，
工会主席室、团委办公室都扑了空，
活见鬼！莫非他们都钻了老鼠洞？

我十分恼火，我嘟嘟囔囔，
我照直走去，也说不清是什么方向，
一转弯——仍然是办公楼底走廊——哎呀！
我底眼睛睁大，几乎胀裂了眼眶：

只见在地板上狠狠地按倒一位工友，
厂长和党委书记扯着他底左右手，
工会主席和团委宣传部长扳着两条腿，
他们拉好架势一齐用力，准备四马分肥。

愤怒，推着我像枪弹一样扑过去：
"你们在干什么？是什么道理？"
然而，晚了！那位工友已经被劈为四份，
他们简直没有看见我，都掉头走去……

当然不能放松，我紧紧追赶，
可是，奇怪！——转眼，都不见。
惨白的电灯光映着我孤单的身影，
我发现我自己被甩在四个会场底中间。

我看见四个会场同样门窗紧闭，
我听见四个会场同时宣布会议开始。
四个会场进行着四种报告，
他们各霸一方各有一套：

一个报告技术措施，
一个动员挖掘潜力，
一个总结社会主义竞赛，
一个宣传改善劳动组织。

题目虽然各有不同，
内容却是大体一致。——
正是党政工团合串一个脚本，
而又敲锣打鼓分唱对台戏。

我感到茫然，我想向后转。
无意间一抬头，隔着窗户看到会场里边——
有的张着嘴打呵欠，有的闭着眼打鼾，
大多数都肢离体碎，五官不全……

我拼命敲打自己底头顶，
我想一定是在做噩梦。
正在这时候背后忽然传来一声：
"喂，老张！你站在这里发什么愣？"

啊！原来是团委书记，我底老相识！
我把一大串疑问化作连珠炮弹向他轰击。
他微笑着扬扬自得，
有条不紊地给我解释：

"会议就是我们底生活方式，
完整的会议制度还要逐步建立。
缺席？那就等于旷工，
一次自我检讨，二次广播批评。

"第三次嘛，扣发煤条；
第四次？——扣发工资！
厉害？的确！会议二十九种，
不这样怎么能保证到齐？

"重复？是的！不过党政工团
既然分为四个系统；
会议有些重复，
也有万不得已的苦衷。

"你说学习？学习当然重要，
不过一定要在业余；
而开会就是工作，
工作就是开会。

"至于健康问题，不错！
我们打算教育职工家属：
职工们即便是半夜回家，
也要叫他们有热饭进肚。

"不过睡眠时间嘛，
那实在不能太照顾。——
这全凭提高政治觉悟：
疲劳就是光荣，辛苦就是幸福。"

啊哈，"不过！"原来还有
这么多高明的道理！
为了不再使我底耳朵发烧，
我使劲接住他底脖子：

"你慢慢讲，你慢慢讲！
我底头滚烫滚烫；
不过，老朋友，你底心却冰冷冰冷，
——这病还不轻哩！"

这一回发愣的轮到他自己：
"你开玩笑！"他喃喃地自言自语。
"开玩笑？不是！"我摇摇头，
"怕是一种传染病，千万不能大意！"

我继续严厉警告：
"你，和你们整个领导，
如果不快快去挂急诊号，
那眼看就不可救药了！"

团委书记胆怯的眼里，
冒出一丈长的疑问号；
我更加用力接住他底脖子，
没让他挣扎着跑掉：

"你说，你不知道
这种病症底名字？
我告诉你：官僚主义！
——恶性的官僚主义！

1956 年 3 月

## 难老泉

我仿佛感到碧玉泛清凉，
难老泉淙淙向山下流淌；
我仿佛听见翠羽相击响，
绿莎萍轻轻在水底摇晃。

心地纯净得了无纤尘，
眼睛晶莹得浓夜闪光。
我恍惚看见袒胸的水母娘娘，
裸足涉着浅水，素手撩着衣裳。

她向人间播出智慧底种子，
她向大地插上幸福底苗秧。
凡是有泉水潺潺流过的地方，
就有荷花和稻花一齐扬香。

1956 年 8 月 28 日　太原

【附记】

　　《江上怀友》与《晨曦吟》被命名为《怀友二首——
给一位被教条主义棍子打昏的诗人》。

## 江上怀友

我游扬子上，
默诵大江诗。
回荡有奇气，
浩然赋伟姿。
晚霞披丽彩，
夜冥倾幽思。
满月凌波起，
孤星拂浪垂。
浮云三两片，
哪得掩清辉？

1956 年 9 月于江新轮上

## 晨曦吟

苍茫万里忆长安，
皓月沉江江浪寒。
逝者如斯水水水，
恍兮若梦烟烟烟。
涛声未已不眠夜，
霞色微明欲曙天。
眼看东方红日出，
任他冷雾侵衣衫。

1956 年 9 月于江新轮上

【附记】

《江上怀友》与《晨曦吟》被命名为《怀友二首——给一位被教条主义棍子打昏的诗人》。

## 灯标船颂

灯标船啊！你驻泊在江心不动，
你和惊涛险浪结伴为邻。
夜愈浓黑，你便光照得愈远愈明，
遇到狂风骤雨，你便愈有精神。

你把亲切而又关注的目光，
投给迎面驶来的领航人。——
上下船只绕过了濑滩暗礁，
你微微一笑，温柔得像母亲。

灯标船啊，岸然屹立的灯标船啊！
你永不瞌睡，无论春夏秋冬；
你永不畏惧，无论风雨雷霆；
你闪闪放光明，却默默不作声。

灿烂的星光和旅人底梦，
可以为你底忠实与辛劳作证。
当明晨的太阳轰响着从东海升起，
将为你披一身光耀夺目的彩虹。

1956 年 9 月 11 日夜于江新轮上

# 登雨花台有感

在这里我们底祖先曾经梦见天雨花，
五色缤纷飘荡荡就好像彩虹与飞霞。
这虽然只不过是幻想出来显圣的佛法，
它却预示着真理底灵光终将普照天下。

而当祖国陷在子夜一般浓黑的时代，
统治者是一小撮叛徒、特务、流氓、洋奴——
妄想以碉堡封锁历史，以监牢窒息未来，
屠刀光闪闪，雨花台变成了血花台。

我们有十万同志在这里献出了生命，
面对敌人底枪口，他们昂着头仰望长空，
那视线高高超过蓝底白字的衙门，
他们最后的呼声震得青天铮铮应鸣。

他们倒下去，大地颤抖着闷声叹息，
天上的群星脸色煞白，涕泣零如雨。
时间痉挛一下又江水般滚滚流去，
黑夜沉沉，尸身上只有冷霜枯叶来覆蔽。

三十年啊！以头颅播种，以鲜血灌溉，

每一粒石子都被染上耀眼的光彩。
红花瑰丽绚烂如同朝阳跃出东海，
终于在六万万人民底心里盎然盛开。

刽子手将永远被仇恨淹没，被诅咒掩埋，
屠刀早已生锈，碉堡和监牢早已化青苔。
雨花台竖起了毛泽东亲题的纪念碑，
当空悬一朵红云，四周是常青的松柏。

谁说这五彩花不是飞来自天上？
它们分明在闪耀着烈士赤血底光芒。
莫道佛法无边，天原不老，地也难荒，
把天堂引渡到人间，全靠我们领航！

1956 年 9 月 13 日　南京

【附记】

  雨花台在南京中华门外二里，山上多彩石。相传梁朝时代，有个和尚叫云光法师，在此山巅讲经，天上落花如雨，因以得名。1927 年蒋介石背叛革命后，盘踞南京，把雨花台作为刑场，有十万多共产党人和爱国志士先后在此被害。1949 年以后，人民政府接受广大群众底建议，在此建立了人民革命烈士墓，墓前高树丰碑，正面大书："殉难烈士万岁！"系毛泽东同志亲笔。

1956 年 9 月 23 日记于杭州

# 冬猎

积雪压倒关城，
密云横断山峰。
千尺瀑布天上来，
——倏然凝结成冰。
仿佛依旧飞溅流动，
仿佛依旧轰响喧腾。

莽格图放鹰英雄，
迎着烈烈北风，
纵身挥臂向天空，
——放出一只苍鹰。
扭回头勒紧马缰绳，
雄马摇着长鬃萧萧嘶鸣。

1956 年 2 月　呼和浩特

## 夜巡

马队接到紧急命令，
午夜整队出巡——
山黑路窄，水寒风劲。
马蹄如飞落得轻轻，
像月天里驰过一队雁影。

马队踏碎黎明回营，
朝霞披满全身——
露冷霜凝，汗湿脸红。
脑缨镶着闪闪疏星，
马尾拂着飘飘流云。

1956 年 12 月　呼和浩特

## 匈牙利，连心的亲爱的兄弟

世界屏住气，
交叉起双臂注视着：
匈牙利，你往哪里去？


　　不，不，绝不！
　　今天，
　　已经不是一九一九年。


可是，像锋锐的刀尖刺进，
我底心里，我感到剧痛；
一幕幕涌现在眼前的，
都是难以索解的场景。


我看见象征着永恒真理的
雕像，被推翻捣碎；
我看见以烈士鲜血染成的
红旗，被扯下踏践。


我看见银行和商店被抢劫，
睡衣、胶鞋、玩具、钞票狼藉满街；

我看见国家博物馆被围攻，
广场里搭起图书底火山。

我看见保安战士底尸体吊在
街树上，忠勇的头颅高高扬起；
怒目面对着诽谤底唾沫，
像照耀在浓夜的火炬。

我看见麦泽·伊雷姆同志，正在
挥手呼吁和平时被射倒；
他底伤口喷放出火焰，
在冰冷的街道上燃烧。

啊，我看见疯狂和混乱在狞笑，
多瑙河涌起了血底波涛；
我看见太阳摇着头，脸色煞白，
布达佩斯披头散发战栗着。

　　不，不，绝不！
　　今天，
　　已经不是一九一九年。

而豢养在莱茵河畔的火十字党徒，
——美元喂饱了他们底仇恨，
爬进草草涂上红十字的福特汽车，

成群结队地赶回来了。

霍尔蒂军官慌忙倒翻箱子底，
又戴上那顶竖插雉毛的帽子，
在卷着雪花的血腥的北风里，
散发出浓烈的樟脑气味。

明曾蒂红衣主教扮演起大角色，
刚刚脱下囚衣便叱咤风云；
公然搭起专用的广播电台来，
为沉埋的私有财产制度叫魂。

于是，艾斯特尔哈齐伯爵声言：
要恢复占有半个匈牙利的土地产权；
华尔特·冯·西门子先生也从波恩别墅
匆匆跑来，准备收回失去的企业。

于是，逃亡的王爷们纷纷出现在
绍普朗最豪华的旅馆里；
奥托·哈斯堡也心花怒放，
公开了对匈牙利王位的觊觎。

啊，阴霾沉沉，乌云乱翻。
蛰伏在墓穴的鬼魂都露了面。
难道太阳真会从西方出来？

难道历史真要扭回头向后转？

　　不，不，绝不！
　　今天，
　　已经不是一九一九年。


我知道，敌人就是敌人，
我知道，反扑的野兽格外凶狠。
这一切使我震惊，使我愤怒，
却并没有半点为难之处。


而党呢？团呢？工人阶级呢？
尤其有些作家、记者和更多的学生，
也跟着摇旗呐喊，甚至纵火流血，
这才使我深深迷惑并大大苦痛。


昨天，仅仅在昨天，能和他
握一次手或谈两句话，
便感到幸福，终生难忘；——
一觉醒来却飞溅着口水谩骂。


并且，不惜把自己底命运，
交给生角的魔鬼去摆布——
又是什么约瑟夫、杜达什，
又是什么卵弹琴萨波大叔！……

乱哄哄一群牛鬼蛇神，
摇身一变都成为英雄。
盲人瞎马，横冲直撞，
嚼着淌血的舌头诅咒太阳。

这一切是怎么回事？为什么？
茫茫然我得不到解答。
掉进没有底的谜底深谷里，
我狠狠地撕扯自己底头发。

　　不，不，绝不！
　　今天，
　　已经不是一九一九年。

是的，冰冻三尺，非一日之寒，
我不为错误强作辩解。
但是，无论如何，纠正错误——
开门揖盗却万万使不得呀！

而强盗，听着：且慢得意忘形！
不是你们走了什么时运，
不是你们底主子能旋转乾坤，
更不是善良而忠诚的人民看中你们。

是野心包天的软骨头，叛徒！

卷着胡子谛听"自由欧洲"底吩咐。
他出卖了人民底善良和忠诚，
把翻倒的车子拖进火坑。

注意！艾伦·杜勒斯已经骑上了
这匹跛脚的愚蠢的驴子；
打一个旋转，便向着波恩，
向着华盛顿拔蹄走去。……

喂，快啊快动手，扬起鞭子！
抽它底头，抽它底眼睛。
吁，站住，不许动，不许走！
抓住它底耳朵，拉紧缰绳。

我不关电灯，也合不上眼，
躺下睡不着，披上衣服坐起来，
心口突突跳着像静夜的时钟，
我激动地再把收音机打开。

不，不，绝不！
今天，
已经不是一九一九年。

你英雄底光辉照亮历史的民族，
兹利尼和柯苏特底子孙，

社会主义大家庭连心的亲兄弟，
匈牙利呀！你还要陷多么深？……

……子夜里，忽然传来一阵雷吼，
是裴多菲·山陀尔在大声呼喝：
凡亵渎我底名义的人毁灭吧！
这是我底箭，要向哪里射？

箭雨射穿匪帮煽动底讲坛，
我看见它痛得喷吐尘烟。
我兴奋地淌着热泪倾听，
攥紧拳头嘭嘭地击打桌面。

是什么声音震得青天嗡嗡响？
卡达尔·亚诺士同志发出号召：
匈牙利工农革命政府组成了，
制止反革命分子底横行霸道！

快快堵住啊，那溃堤底决口！
截断这一股法西斯底浊流。
给它十倍地打击，把它粉碎！
是砍掉，而不是让它缩回，那只挑衅底手。

一个也不能溜掉，都抓住！
这些在光天化日下过街的老鼠。

这一群不自量力的螳螂，
妄想阻挡通向未来的道路。


　　不，不，绝不！
　　今天，
　　已经不是一九一九年。


看吧，每一粒石子都变成一颗子弹，
呼啸着飞向被剥光了的坏蛋。
看吧，勇敢的人民跃上迅飞的战马，
又涌来集合在猎猎的红旗下。


看吧，朝阳驾着火底车轮，
高高升起；阿尔弗德为阳光所彩濯。
看吧，鬃印着斧头镰刀的 Hungarian 坦克，
轧轧挺进；战争底火种被扑灭。


看吧，那被猎人底枪声所惊散的
鸟群，反革命底乌合之众，
眼前风头人物，纵火者和杀人犯，
都要为滔天的罪行遭受严惩。


把杀人犯吊起来，就让他们底血
来洗净为他们所玷污的土地；
判决吧，就让纵火者号叫着

倒进他们亲手点燃的火堆里。


像读着一首大气磅礴的诗章，
我底心里波涛汹涌，和平在高歌。
正义的人类都投射出感激的目光，
转向众星环照的地方，转向莫斯科。


让"自由欧洲"去哭破嗓子吧，
让波恩和华盛顿去捶烂胸脯吧，
让一切傻瓜去发歇斯底里吧，
匈牙利人民共和国昂然屹立着。


　　不，不，绝不！
　　今天，
　　已经不是一九一九年。


匈牙利人民共和国昂然屹立着。
时间痉挛一下又向前流去，
生活皱皱眉头又重新开始，
击退阴云的太阳格外绚丽。


社会主义工人党——一道强烈的阳光，
它为雷霆和电火所武装。
劈开滚滚乌云，驱散重重阴霾，
把祖国再引回前进底轨道上。

瓦砾被除去，窗棂再安上新玻璃，
电车哗笑着在街道上飞驰；
囱烟写在青天，希望播进大地，
爱情又发出假日的约会。


火车响着汽笛一列列开来了，
载着小麦，载着药品，载着友谊。
看啊，匈牙利被高高举起来，
被那紧紧联合着的兄弟底手臂。


劳动和斗争——两把锋利的刻刀，
在时代底唇边镌刻出微笑。
这微笑是对革命者的赞歌，
这微笑是对反动派的冷嘲。


嘿，波恩底狂人和华盛顿底野心家，
希特勒底后裔，你们还在喃喃些什么？
难道历史真会从马尔格蒂岛上
陷落，由于你们底鬼脸和魔法？


　　不，不，绝不！
　　今天，
　　已经不是一九一九年。

世界松一口气，

笑着携起手来：

匈牙利，连心的亲爱的兄弟！


1956 年 11 月—12 月　北京

## 在金碧辉煌的餐厅

在金碧辉煌的餐厅，
乐师悠扬地奏着小提琴。
红宝石色的葡萄酒，
满注在刻花的翡翠杯中。

一位白胡子老诗人，
比划着手势带着激情。
对我讲述"十月"反革命，最后
他这样说，声音变得低沉：

"那时候，我们实在困难啊！
切佩尔为冰雪所查封。
暴乱底创伤还没平复，
满天仍在笼罩着凝云。

"忽然周恩来同志来了，
他嘴里哈着白烟来了。
在一个没有暖气的大厦里，
我们接待他，听他报告。

"惊蛰的春雷震荡在天空，
我听到六万万人民底声音：
'你们的事业一定继续下去，
中国全心全意地支持你们！'

"大厦里发出唏嘘，泪水
濡湿了胡须，濡湿了手背。
手心由于用力鼓掌而红肿，
力量随着温暖从心里蒸腾。

"火红的太阳从东方照耀，
大地上已完全冰化雪消。
捏紧拳头对准西方，怕什么？
有六万万双手臂给我们撑腰！"

他说着说着扬起手来哈哈大笑，
他笑着笑着那眼圈儿又不禁红了。
主人和客人一齐站了起来：
"干杯！为中匈人民永远友好！"

红酒在绿杯中快乐地晃荡，
花灯笑着放出金色的光芒。
乐师更加用力地摇着肩膀，
跳舞开始了，像彩蝶对对双双。

1958 年 4 月布达佩斯

## 火焰的心

在布拉哈·鲁伊萨剧院底休息室里，
我遇到一位翘翘胡子的老爸爸。
他滔滔若江河说了很多很多，
那脸笑得像五月的石榴花。

虽然我听不懂他说的是什么，
每一句话却都冲击着我底心窝。
从那闪着火星儿的两个瞳孔里，
我读出了他是多么热爱新中国。

代替最丰富的语言，从怀里他掏出袖标，
给我看，红色的工人自卫队队员底袖标，[①]
我感到一道温暖的激流在汹涌，
我看见一颗火焰的心在燃烧。

我把一枚徽章系在他底胸上，
是金黄色毛泽东同志底头像。

——————————————

①工人自卫队是 1956 年 10 月反革命暴乱时，许多厂矿工人自动
联合起来武装护厂保卫革命的组织。

他激动地把我紧紧拥抱起来，
那胡子刷着我底脸又痛又痒。

1958年5月布达佩斯

# 吻

语言不能阻挡我们，
正如空间不能隔离我们。
他拍拍我底心，
又拍拍他底心：
"北京—布达佩斯！"
他伸出双手抱起我来；
响响地接吻，响响地接吻。

那胡子像一把钢刷，
刺痛我底脸颊。
我底脸热辣辣，
我底心也热辣辣：
"布达佩斯—北京！"
我也搂紧他底脖子，
使劲儿亲他，使劲儿亲他。

1958 年 5 月布达佩斯

## 滚烫的手

她走近了，挎着一篮苹果，
苹果上还饰着鲜花。
那佝偻的背，
那蹒跚的步伐，
那含泪的微笑的眼睛，
那飘飘的白发，
使着我底心口咚咚跳起来，
一霎间我想起了自己底妈妈。

她底声调也多么像妈妈呀，
缓缓的细细的清清楚楚的，
像溪涧底流水一样明澈，
像古铮底丝弦一样清晰。

请接受吧，这是我底献礼，
这是我底心血，我底汗水。
这花枝展示出红白绿，
一张匈牙利人民共和国底旗帜。
而这鲜红的苹果带着微黄，
中国国旗上那五颗星底颜色。

它们连结在一起了，
它们混合成一体了。


我们双双紧握着久久不放，
那两只干皱的手，激动地
索索打颤，而又滚烫滚烫。
你，滚烫的那奇格勒什妈妈底手啊！


1958 年 5 月那奇格勒什

## 扬琪再没有回家
### ——约翰老爷爷这样对我说

我底小扬琪，我底大儿子，
十七岁入党，在军校学习。
一毕业就当上了保安战士，
死的时候刚刚二十三岁。

小扬琪身材高大，
浓眉大眼黑头发。
姑娘们扒着窗缝儿看他，
他却望着远方漫天红霞。

他还没有恋爱过，没有爱人，
最亲密的侣伴是手枪和书本。
他很想到中国去访问，
这请求已蒙上级批准。

……十月二十三日那天早晨，
扬琪匆匆走出家门。
又回过头来告诉妈妈：
"今晚上我要迟一点回家。"

　　扬琪再没有回家，
　　我底小扬琪再没有回家。


深夜，电话忽然响得很急，
"扬琪！你眼时在哪里？"
"妈妈！我在岗位上，在布达佩斯。"
当时大街上已经枪声四起。


　　扬琪再没有回家，
　　我底小扬琪再没有回家。


再接到他底电话过了好几天，
说是在市委办公大楼里边。
妈妈问要不要送什么东西给他，
他还奶声娇气的："妈妈，要枪，要子弹！"


　　扬琪再没有回家，
　　我底小扬琪再没有回家。


过了半年多，到五月一日，
我们才找到他底尸体。
在胸膛上他挂了五颗奖章，
像五朵花结着五块干巴血迹。


　　扬琪再没有回家，

我底小扬琪再没有回家。

他好像很痛苦，又好像很愤怒，
两眼注视着没有一星儿恐惧。
妈妈晕倒抱住冰冷的小扬琪，
他全身赤裸着，靴子也被扒去。

扬琪再没有回家，
我底小扬琪再没有回家。

我用力把他底妈妈扶起来，
把她前襟上的泥土拍一拍：
"不要哭，我们应该骄傲！
血债，一定要用血来声讨。"

扬琪再没有回家，
我底小扬琪再没有回家。

我在首都发电厂做工，
已经干了四十四年。
十月里反革命给我写黑信，
我不理，一次也没有误过班。

今年我整整六十三岁，有心脏病，
要是身强力壮，要是还年轻，

我一定到保安部队去报名，
我也一定想法到中国去旅行。

没关系，我还有两个儿子，
一个是共青团，一个是少先队。
他们都要学大哥哥底样子，
长大了都要做个保安战士。

保安战士打不垮，
小扬琪便没有死。
他永远活着，永远是二十三岁，
姑娘们都还扒着窗缝儿看他哩！

　　　　　　　　　　1958 年 5 月于布达佩斯

## 尤日爷爷

尤日爷爷，揩干你底眼泪吧！
让窗外吹来的清风把它揩干。
你看这马尔格蒂岛多么绚烂？
花开得多么红，鸟叫得多么欢？

尤日爷爷笑了，像飘浮的阳光，
眼泪却还是止不住地流淌。
流过那布满两颊的褶皱的网，
淌在那微微翘起的花白胡子上。

数不尽的辛酸，说不出的兴奋，
阴电和阳电撞击着你起伏的胸膛。
我也被这雷霆底巨响所震荡，
一阵骤雨倾满发热的眼眶。

尤日爷爷做了一个坚定的手势，
好像把时代劈成了两半。
慢声说道，请原谅吧，并不是软弱，
这眼泪是由于过多的喜欢。

还说，能够活着看到中国解放，
并且亲自同来自中国的同志会面——
仿佛仍在怀疑这一切是不是
真的，当长年的梦想一旦实现？

是真的，尤日爷爷！白色的严冬
早被真理打败，退进结冰的山洞。
正义引来了人类底春天，歌声
连结着布达佩斯—北京。

尤日爷爷点点头，然后说，幸福
曾付出昂贵的代价：鲜血和头颅。
而敌人并没有认输，他们到处
窥伺着；人类必须警惕啊！

是的，你说的完全正确，尤日爷爷！
你兰格机床厂底工人自卫队队员。
你举起黑色的枪口迎击十月，
工贼和敌探都逃不脱你底老眼。

你总是眯缝起眼来仔细观看，
而你黑色的枪口却瞪得圆圆的。
整个安加菲尔德都抬起头望着你，
逆着狂风巍然挺立突兀峥嵘的巨大岩石。

你给迷误的渔夫指示方向，
撞破的船只纷纷靠近你身旁。
困难啊，当在阴云翻滚的时日，
失掉了党，党只在每个人心上。

在心上你筑起一道长城，
十月里抵御着风暴底进攻。
它底一端一直延伸到今天，
另一端则起自一九一九年。

说到一九一九年，尤日爷爷！
你褶皱的脸上奋飞起阵阵红云；
仿佛又是肩扛来复枪，十八岁的
匈牙利苏维埃共和国底青年红军。

你说，那时候采一枝石竹花佩在前襟，
高举着斧头镰刀的旗子，
高举着一颗跳动的火热的心，
把阿尔弗德淹没在红色的海洋里。

说着说着，你就哼起当年的歌子来，
瞳仁里冒出火星，轻轻摇晃着脑袋。
你说，工人阶级就是唱着这些歌，
把将军和老板装进黑色的棺材。

啊，以后的事不用提了，尤日爷爷！
我都知道，即使你一句不说。
将军和老板并没有真正死去，
你却挂了彩，到来了苦难的岁月。

威尔逊和克雷孟梭一同坐在巴黎，
匈牙利底白骨盛在他们底餐盘里。
像切碎一块猪排他们撕破塞格德，
把咀嚼过的残渣捏成一个霍尔蒂。

霍尔蒂来了，狼来了，披着浓雾的夜，
绞架和镣铐叠成十字把历史封锁。
你底脸变得多么阴沉，尤日爷爷！
你说，布达佩斯啊，血染滚滚多瑙河！

你回忆起多少年青的战友和同志，
昂起头以生命播种在祖国底大地。
而大地上却蔓延着饥饿和瘟疫，
没有歌声，没有笑声，到处只有耳语。

耳语像星星之火，预示着烈焰腾空，
仇恨是埋在灰烬里的火种。
在烂铁皮掩盖的地窖里盼望红军，
屏住气，向着东方侧起耳朵倾听。

你说，你们曾在摇曳的烛光下，
把红色的箭头从东到西画在地图上：
斯大林格勒——基辅——利沃夫——啊，到了！
赶紧动手缝制红旗聚积钢枪！

嘿，不错，尤日爷爷！这样的箭头
我们也画过，映着战火，映着星光。
当法西斯底黑手扼住世界底咽喉，
我们底心也系着一根红线连到远方。

尤日爷爷！你看看我，会心地笑了，
你说，斗争早就把咱们结合在一道了。
中国枪口向东，匈牙利枪口向西，
射击的目标却是一个——魔鬼法西斯。

哈哈，说到法西斯怎样狼狈逃窜，
他们像兔子般胆怯，人民撒出猎犬，
哈哈，说到你怎样以鲜花拥抱红军，
他们像雄鹰般勇敢，飞奔追歼敌人。

你激动地站起来在屋里打转转，
举起胳膊挥舞着捏紧两个铁拳。
时间底风霜虽然染白了你底头发，
你说，匈牙利却又回到了一九一九年。

随后，你伸手拍击桌面咚咚作响，
你说，人民一步从地狱跨进天堂，
正在以爱情和汗水来实现理想，
而敌人却像一群苍蝇叮在祖国头上。

嗡嗡嗡！这群苍蝇满天轰鸣，
诅咒底合唱传播毒化的气氛，
在健康的肌体上繁殖细菌，
你说，就这样发作了十月底暴病。

你说的完全对，尤日爷爷！苍蝇哪能够
阻挡时代底车轮，截断历史底长流？
它们在红星上屙粪，把鲜花弄臭，
全是妄想！人民挥起了蝇拍底巨手。

我看见刺刀在飘飘白发上闪光，
我看见微笑在深深褶皱里开花。
兰格机床厂底尤日爷爷扛起钢枪，
响亮的口号：再不许霍尔蒂来当家！

好极了，尤日爷爷，你这位老战士老将军！
你呀，你就是匈牙利革命底化身。
累啦，歇歇吧，请抽一支烟！这烟
来自红太阳升起的地方——来自北京。

你递我一支柯苏特，我递你一支大中华，
可是，尤日爷爷！为什么你把眼睛睁大？
你说，决不服老，别看有几根白头发，
十八岁小伙子想要交换也不给他。

当然喽，尤日爷爷！决不肯给他交换，
多少风雨雷霆响震在你这六十年？
十八岁虽然可爱，却还是个白点，
别说一九一九,十月里也只能干瞪眼。

尤日爷爷，你又摇头，还是不以为然，
你说，你并不生活在回忆中间。
最值得珍贵的乃是你底今天——
今天，你也不肯同任何人相交换。

你说，在车床前你底技术最熟练，
在俱乐部你朗诵舍甫琴柯底诗篇。
你说，儿子是匈牙利人民军底军官，
不用再提了，你自己是工人自卫队队员。

你说，早晨老妻送走你用热吻，
晚间迎接你用她亲手做的甜点心。
你说，你喜欢种果树、种花、种三色堇，
蜜蜂、蝴蝶、燕子、百灵都和你相亲。

是的，尤日爷爷！这一切我都明白：
过去，对于你比别人更加丰富多彩，
今天，对于你比别人更加健康愉快，
而且，你还有一个完全觉醒的未来。

你笑了，笑得像飘浮的阳光，
而眼泪却又突然簌簌流淌。
流过那布满两颊的褶皱的网，
淌在那微微翘起的花白胡子上。

你说，即如你抽着这大中华香烟，
你得能和新中国底同志会面，
这种幸福底深度就没法测探，
也不肯和任何人相交换。

对呀！你抽的大中华，我抽的柯苏特，
这同样也是我终生难忘的时刻——
在这花香鸟语的马尔格蒂，
认识了你，同你谈心，尤日爷爷！

让快乐的眼泪尽情流吧，流吧！
多瑙河上的清风会来轻轻吹干它。
看两鬓吹来了几缕白色的云纱，
看脸上吹来了一片灿烂的红霞。

啊，请坐定让我拍照，尤日爷爷，我好像
看见一座顶天立地的青铜雕像：
永不熄灭的火焰熊熊燃烧在胸膛，
三色旗和红旗飘飘交叉在头顶上。

1958 年 5 月　布达佩斯·马尔格蒂

【附记】

马尔格蒂岛，中文亦译作玛尔吉特岛，位于盖蒙尔
特山左面，多瑙河中央，古树参天、风景秀丽，犹如镶
在银白玉带上的一块绿宝石一样鲜艳夺目。马尔格蒂岛
是一座人们所喜欢的公园。公园深处，隐藏一座古代城
堡式修道院的遗址，相传匈王贝拉四世的公主马尔格蒂，
在他父亲出征抵抗土耳其人的侵略时，曾立下誓愿，如
果父亲凯旋，她将出家永远为祖国的独立自由祈祷。得
胜回朝的贝拉四世后来就为女儿建了这座修道院。人们
为了缅怀这位爱国的公主，就把小岛改称为马尔格蒂岛。

1958 年 5 月在马尔格蒂宾馆，接待了布达佩斯兰
格机床厂的老工人自卫队队员尤日爷爷，并同他进行了
亲切的长谈。工人自卫队是 1956 年 10 月反革命暴乱时，
许多厂矿工人自动联合起来武装护厂保卫革命的组织。

## 在塞尔苏村

### ——悼诗人尤若夫·阿蒂拉

孙用同志非常非常激动：
"诗人要活着和我一般大。"
眼里泛着油光张大瞳孔，
仰头站在诗人底雕像下。

往前走向右拐几步以外，
那里有一条黑色的铁道。
孙用同志徘徊徘徊徘徊，
满脸的沉思低着头寻找。

好像那铁轨上还有气息，
好像那尘土里还有体温。
忽听见一阵急促的呼吸，
从前方飞步走来了诗人。

诗人伸出手迎面走过来，
鬓角上还烙印一块青痕。
他们紧紧相握着不分开，
是新相识却又是老知音。

诗人说说笑笑眉飞色舞，
浓黑的胡子雪亮的牙齿。
才情从那里潺潺地流出，
灵感凝结为飞翔的歌诗。

哦哦！谁说诗人已经死去？
他分明生龙活虎般活着。
阔步行进在城市的郊区，
阳光在他全身上下跳跃。

他说，解放没有给他安息，
反而使着他更忙更紧张。
三百万乞丐都有了新居，
他必须挨门挨户去探望。

他穿过每一窝丁香花丛，
敲开每一道门访问做客。
主妇摆出鲁姆酒来欢迎，
孩子叫叔叔，爸爸喊阿哥。

孩子们唱着《青年进行曲》：
"旧世界在我们脚下崩溃。"
爸爸们也念着他的诗句：
"要毫无愧色地作为人类。"

痛苦浇灌的预言开了花，
痛苦使着预言更加光辉。
预言在实现痛苦也伟大，
笑泪汇成巴拉敦的涟漪。

他继续在鼓动并不休止，
他结识的朋友愈来愈多。
不只多瑙河，不只匈牙利，
他说，还要周游整个世界。

孙用同志邀他先到中国，
他爽快地允诺高声朗笑。
他说，这将是最大的快乐，
能够和六万万人民结交。

孙用同志非常非常兴奋，
把诗人紧紧地搂在怀里。
两张脸齐飞溅阵阵红云，
我急忙打开我底照相机。

可惜我底技术太欠高明，
时速和光圈都难以对好。
这幅图画能不能摄成功，
在眼时我自己也不知道。

而突然一声汽笛在长鸣，
火车喷着黑烟隆隆驰过。
诗人底雕像似微微颤动，
我底手按准快门一哆嗦。

1958 年 5 月 14 日　匈牙利

【后记】

　　尤若夫·阿蒂拉（1905—1937）是匈牙利工人阶级的诗人，生于 1905 年 4 月 11 日布达佩斯一个贫苦工人的家庭中。他的第一个诗集是十七岁时出版的，此后更写了大量的"完全符合于现实地暴露了 1930 年左右的工人阶级的苦难"的诗篇。而却以此被误解，说他歪曲工人形象，遭到不公正的组织对待，以至开除党籍。虽然"他把他自己和自己阶级连结起来的线拉得更紧了"（霍尔瓦德·玛尔东《尤若夫·阿蒂拉》）。但终不免于感到孤独与抑郁，于 1937 年 12 月 4 日卧轨自杀，死于巴拉敦湖边一个农村，名叫塞尔苏的地方。现在墓地就建置在他死处铁路一旁，辟为一个小花园，里面树立着诗人的雕像。地处荒野，远离市声，非常幽静。

　　孙用同志曾译有《尤若夫诗选》，他是把诗人尤若夫·阿蒂拉介绍到中国来的第一人。由于他翻译匈牙利诗歌勤恳努力，成绩卓著，匈牙利人民共和国工农革命政府曾决定授予他劳动勋章。授勋时间是 1958 年 5 月 17 日，授勋地点在布达佩斯国会大厦，授勋人是匈牙利人民政府主席团主席道比·伊斯特万同志。是日出席授勋典礼者有匈牙利诗人作家学者三十多人，我与中国驻匈牙利大使郝德青同志、文化参赞林耶同志一道被邀参加。在此前三天即5月14日，我与孙用同志一同访问了塞尔苏村，这首诗便是记述这次访问的。这一天晚间，在巴拉敦湖边一个别墅里，还与孙用同志一道访问了匈牙利高龄的文艺批评家霍尔瓦德·玛尔泰，在星光下听他讲述了尤若夫的诗歌创作与生活片段。曾经是诗人尤若夫的保护人的霍尔瓦德·玛尔泰衷心地向往着新中国，那天夜里，由夫人陪伴着，下肢斜披着一件绒毯，倾倚在一张躺椅上，是多么兴致勃勃地把诗人介绍给来自新中国的访问者啊！此诗即成于当天深夜。

## 同志老来红

> 虽然只是第二次见面，
> 我们已经成为老朋友了。
>
> ——锡纳亚日记摘抄

我第一次和你见面，是在
普洛耶什蒂①油田一座井架前，
当我向你伸出手来，
你攥着拳头只给我一只右腕。

今天，你穿着爬山服，和我重逢
在这锡纳亚②山腰的密林之中，
你一下子就把我的脖子搂住，
话还没有顾得说清。

清风在林梢弹着丝琴，
流泉在谷底奏着银筝，
云雀在枝头吹着玉笛，

---

①普洛耶什蒂：罗马尼亚的一个州，最大的石油产地。
②锡纳亚：罗马尼亚风景名区，山林极胜。在普洛耶什蒂州境内，
下喀尔巴阡山的普拉霍瓦河谷。

四围青山也频频点头为我们助兴。


你的一把胡子哪里去了?
脸颊刮得这样光光的!
你的两手油泥哪里去了?
浑身还喷得这样香香的!


我说,你打扮得像是去求婚,
比在油田年轻了二十岁。
你这位老来红的探区主任,
叫锡纳亚的凉风一吹就醉。


你哈哈大笑,笑弯了腰,
你说,已经是六十贴边儿的人了,
儿子女儿都做了石油工人,
哪还能跟那些小伙子赛乖比俏?


　　餐厅里通名报姓,
　　森林里拥抱接吻;
　　车站上扬扬手巾,
　　从此后杳无音讯。


你说,这是小伙子们干的名堂,
他们烫直了裤褶儿来休养。
锡纳亚对他们微笑着,

他们微笑着对那些姑娘。

可是，你怎么样？嘿，嘿！
就是刮光了胡子也刮不去骨髓，
就是洗净了两手也洗不清肝肺，
在骨髓和肝肺里还在冒着石油味儿。

本来么，石油不是从地层下冒出来，
而是从石油工人的心脏里冒出来。
你生在石油里长在石油里，
石油也就从你的身上生长出来。

你的祖父原是背劈柴钻梢林，
到城里去叫卖李子和玉米粉。
自从在玉米地李子园掘了第一批井坑，
他便跳到煤焦油里做坑工。

祖父抱着皮囊坐在木桶里，
往半裸的身上画着十字；
用辘轳系着根粗麻绳，
同着他的圣母放到井底。

祖父半辈子像一只田鼠，
在地心里挖凿泥土；
迎着煤气和原油的喷泉，

他把自己花白的生命献出。

你的父亲是个钻探工人，
用木钻杆同岩石斗争；
这锻炼了他坚强的品性，
栗子酒烧红了他的眼睛。

大地喷出黑色的血液溅满他周身，
他总是眯缝起眼来看世界看人。
他常说，要想活就得不怕死，
要想爱就得学会恨。

那时节老板净是些外国人，
说的都是法文、英文，再不然就是德文；
大小便几分钟都要登记清，
每隔十五天要扣一个工。

你从小住在油田附近
一间没有光线的木头房子里；
九岁头上就跟着父亲做帮工，
提水、扫地、擦机器……

老板嘴里叼着雪茄烟，
监工手里抡着橡皮鞭；
每当他们走过来，

你便躲在父亲的身后边。

你听到父亲的心口突突跳，
你听到父亲的牙齿咬得咯嘣咯嘣响；
可是父亲还是躬着腰，
脸上的汗水浮着油光。

你越长越高越大越壮，身上
也慢慢溅满了石油，和父亲一样；
哪一天闻不到石油味儿，
你就浑身不自在两手发痒。

  生在河边爱凫水，
  生在山坡爱放牛；
  既然生在普洛耶什蒂，
  哪能不爱煤焦油？

可是，同样爱的是煤焦油，
油工拼性命，老板袖着手。
老板越来越胖、胖得像皮球；
油工越来越瘦、干皮包骨头。

老板的餐桌上摆的是鸡鸭鱼肉，
油工的盘子里盛的是恐惧忧愁。
老板的钱袋和肚子一样滚滚圆，

油工的眼泪和原油一样汩汩流。

妈妈问父亲：到月底能够挣多少？
父亲眼里窜出愤怒的火苗苗——
普洛耶什蒂正在燃烧，
油井堵塞了，油厂炸毁了，油罐点着了。

士兵执行费迪南国王①的命令，
费迪南国王执行协约国总部的命令；
普拉霍瓦的河水烧得滚烫滚烫，
父亲的心呵烧得焦痛焦痛。
父亲的心就是千千万万油工的心，

在你童年的记忆里就烙下伤痕。
当你代替父亲掌握油井，
正赶上那年五月的大井喷。

又是火焰，火焰，火焰……
烧遍了油田，烧红了半边天。
那烟柱呵布加勒斯特都能望见，
一直继续了差不离两年半。

本来那时节，在西方

---

① 费迪南国王：第一次世界大战时罗马尼亚的国王。

正闹着什么经济恐慌；
巴黎的议员和伦敦的伯爵却陪着情妇，
坐飞机到普洛耶什蒂来观光。

太太尖声惊叫，老爷赞赏欢呼，
啊，啊！噢吁！他们一齐得到满足。
漫天奇光异彩有如圣灵逞威，
一千个太阳落地不能与其争辉。

事后才听说，这原是借上帝帮助
来完成的一场精彩演出；
导演人名叫法兰克·海宁斯，
是隶属于美孚公司的一个特务。

法兰克·海宁斯由于纵火有功，
洛克菲勒特别给他晋级加薪。
普洛耶什蒂千万个木板棚，
却为这场火灾饿得眼发晕。

往后的日子一切照旧，
工人淌着汗，大地淌着油；
普洛耶什蒂的大地总是那么忧愁，
普洛耶什蒂的工人总是皱着眉头。

星条旗换成卐字旗，

圆脸的换成长脸的；
老板尽管换来换去，
木板棚照旧抹眼泪。


妈妈的眼睛哭干了，
妈妈葬在普拉霍瓦。
妈妈的眼泪还是照样流，
妻子又代替了妈妈。


你挥着拳头要苍天回答：
油工们应该怎样活法？
苍天也偏向资本家，
板起面孔不说话。


正在这时候有人来敲后窗户，
星光下你认出是格乔叔叔。
在父亲还活着的时候，
他常常到你家来借宿。


妻子急忙摆出面包和盐，
你打开龙头倒来清水一罐。
格乔叔叔却轻轻地摆摆手，
要你们快把他那条纹囚衣替换。


格乔叔叔穿上父亲的衣服，

衣服上还沾满着油污。
他说，头鸡叫就得离开这里，
他刚从多弗丹纳①逃出。

格乔叔叔是平地升起的太阳，
在子夜里把道路照亮。
是他拨开了你的眼睛，
使你看到黎明的红光。

从此，劳动显示出它的目的，
空气和阳光都有了意义。
格乔叔叔用一根红线，
把你同阶级连到一起。

格乔叔叔白天藏在梢林里，
星光下他走遍普洛耶什蒂。
油工们用询问和面包迎接他，
他用耳语播种真理。

当溃败的消息从普鲁特②东岸传来，
耳语的飓风突然把云雾吹开。

---

①多弗丹纳：特尔古日乌的一架孤山，专门囚禁政治犯的集中营
便设在它上边。现已改建为革命历史纪念馆。
②普鲁特：河名，界于罗马尼亚与苏联之间。

工赋、密探、纳粹鬼子是乌云和迷雾，
红日映青天呀他们再也遮不住。


当格乔叔叔第一次出现在光天化日之下，
普洛耶什蒂装饰起欢笑和鲜花。
米哈伊①陛下的王冠滚落尘埃，
普洛耶什蒂的红旗飞上井架。


你呀，永生难忘的日子，从那时起
你就做了油田的探区主任；
委任书和党证同时接到手里，
格乔叔叔就是你的介绍人。


你说，这是光荣，更是责任，
担得越重走得就越快越起劲；
你胡须的丛林里开始冒出白楂楂儿，
却显得更年轻，更有精神。


更精神，更年轻，
绰号就叫老来红。
你家世代石油工，
世世代代都不同。

---

①米哈伊：罗马尼亚的最末代国王，1947年被迫逊位。

老祖父三十开外四十挨近，
肉皮发了松，筋骨发了硬——
抱起皮囊坐上木桶，
伴着他的玛丽亚下井坑。

父亲天然是个采油工，
搬着木钻杆向岩石猛冲；
栗子酒浇湿了他的忧愁和仇恨，
忧愁和仇恨烧得他两眼迸火星。

你呀，嘿！从子夜到黎明，
现在正是太阳升，东方红；
你手里紧握着涡轮钻，
心里武装着马克思、列宁。

下一代就更不同了，
他们走的完全是金光大道：
大儿子做了炼油厂的劳动英雄，
老二是采油工又进石油学院深造。

女儿做了油田模范工长的妻子，
她自己的专业却是钻探机器，
最新式的涡轮钻就是她设计的，
一提起来你就连连咋舌伸出大拇指。

哈哈，这可是上好上好消息，
你说，女儿也跟你一道来锡纳亚了。
你邀我到你们休养所看她去，
当然去！不然就白来一趟罗马尼亚了。


请代我先向她致意：
那涡轮钻，她设计的——
在我们柴达木，在我们玉门，
也都是顶呱呱受欢迎的新客人。


你说，我要是给你们作客，
比涡轮钻保证还要受欢迎得多。
是的，有朋友从远方来是很快乐的，
而到远方的朋友家里作客就更快乐。


别了，再见！你又拉住我在身旁，
从怀里掏出相片一张：
呀，这是嫂夫人，她坐在中央，
再不流泪了吧，笑眯眯的胖大娘！


瞧！老大老二都挺棒，
他们的妻子更漂亮。
咦！这一对对一双双小孙儿小孙女，
一个个都像安琪儿一样。

女儿呢？哦，真是一朵花！
看你几乎把她遮住了。——
这是为什么？为什么她
像有什么心事微微蹙着眉梢？

你说，可能是想涡轮钻，
也可能是想丈夫和她的小宝宝。
嘿！他们呀，就是全没照进这张相片，
我也仿佛都看见了：

那个炼油厂的模范工长，
鸭舌帽遮不断他两眼的油光；
还有那小家伙、小调皮、小外甥，
脸蛋儿正像苹果一般红。

嗨呀！你原是一棵大路旁的苹果树，
果实累累叫行人看了多么羡慕！
你说，这表明已经到了秋天，
生命在转化为儿女孙男。……

对呀，听说罗马尼亚春天总是短暂的，
秋天才最长最丰富最美丽：
白昼是晴空万里的艳阳天，
深夜里虫声唧唧叫得星光闪闪。

你摇摇头抿嘴一笑，
你说，这说法是受那些诗人骗了。
其实对儿子孙子下一代，
无论春夏秋冬都是无限好。


就比如这锡纳亚的幽谷峻岭，
夏天来了可以爬山游泳，
冬天来了可以滑雪溜冰，
春秋两季嘛，那就更美妙无穷。


是的，你说的一点不错我相信，
这眼前的加洛尔皇宫①就是证人。
从前整个罗马尼亚属于它。
而今它属于整个罗马尼亚。


当它是罗马尼亚的主人，
无论春夏秋冬都与人民无份；
当罗马尼亚是它的主人，
它一年四季敞开着都为了人民。


　　　为人民、为儿孙，

---

　　①加洛尔皇宫：加洛尔是第一次世界大战以后的罗马尼亚国王，
他在锡纳亚修了一座华丽的行宫，解放后部分做了劳动人民的休养所，
部分做了历史博物馆。

同样也为老年人，
革命人永远是年轻，
风光无限老来红。


哈喽！再见，再见！祝同志老来红，
沿着这皇后路攀登上最高峰！
怎么，你托咐我问候柴达木、玉门？
不，不，我不答应，不答应！


你们休养所靠近加洛尔皇宫，
明天下午我还要去作客人！
还是请你代我先向
那微蹙眉梢的姑娘致敬！


　　　　　　1958 年 6—7 月布加勒斯特

棘 之 歌

## 帽子

它，它挡住明亮的太阳，
照，只照见我恍惚空虚——
影子呢，影子已经跑了光。
一个丢掉影子的人，
光明自然成为禁区。

它，它遮断温暖的视线，
认，也认不得我姓甚名谁——
名字呢，名字被钢叉剿斩。
一个丢掉名字的人，
友谊理当视作忌讳。

童年时是多么盼望：
得到这样帽子一顶——
什么样，没想；只要
戴上它去玩捉迷藏，
便没人能看见我底踪影。

而今于无意中得到，
一阵吼声给扣在头上——

用力甩，也甩不掉。
隐身、息影、变形——论功效，
可远远超过了童年的幻想。

而且就连这玩意儿本身，
也是无形的，肉眼看不见——
是袄是棉，谁也说不准。
却箍得紧紧，其重千钧，
把头夹扁，把腰压弯。


1959 年 4 月长春吉林省图书馆

# 月

上弦月已经在中天高悬，
当夕阳正冉冉坠入西山。
到子夜她也便跟踪而去，
追随着日影隐入于黑暗。

下弦月兴犹酣飞驰星空，
猛回头瞥见万里东方红。
驾晨风急躲闪雄鸡长鸣，
淡化淡化消融在旭光中。

月亮呀，显全容能有几夜？
纵辉煌却阴冷而不发热。
向太阳借光由太阳消灭；
仅凭假借怎能由得自我！

多羡慕那星星点点萤火，
在夜空里自由自在闪烁。
叹婵娟难逃脱圆缺盈仄。
徒招惹深闺怨悲欢离合。

1961 年 秋收季节

# 忆

每当遇到痛苦，
想想也曾陶醉于梦一般快乐，
痛苦就被冲淡了。

每逢感到快乐，
想想曾经熬过的火炙样痛苦，
就更加快乐无极了。

痛苦是沉重的载体，
快乐是翅膀，
——轻灵犹如云游底想象。

快乐与痛苦，痛苦与快乐，
是节奏，是旋律，是音韵，是天籁，
是生命底浪波。

1960 年 12 月

## 夜行吟

我从昨天来，
我到明天去。
告别长庚，
奔赴启明——
长庚已经隐没，
启明还没显形。

我从昨天来，
我到明天去。
头上乌云，
脚下泥泞——
乌云遮断星月，
泥泞泛起榛荆。

我从昨天来，
我到明天去。
拨开黑暗，
咬紧寒风——
寒风吹冻发僵，
黑暗泼墨染浓。

我从昨天来，
我到明天去。
背离长庚，
面向启明——
长庚沉落天外，
启明闪现心中。

1960 年冬 长春吉林省图书馆

## 复辟谣

你从历史的夹缝中走来，
大闹社会主义的舞台：
在那阴暗母胎里，
你并没有孕育成材；
在这灿烂的阳光下，
你却扮演个威胁的角色；
每当天阴雨湿，夜黑风高，
无论枯木腐株，无论闲花野草，
都变成绿眼红发的吃人的妖怪。

据说，古代有涓蜀梁这么一个人，
明月宵行，顾见自己的身影；
长发蓬蓬着随风摆动摆动，
以为是魔鬼，急躲开，就跑个不停。
跑啊跑啊，跑得越快越快，
那影子也便跟得越紧越紧。——
直到气急败坏扑通倒在家门外，
口吐白沫，双目失神，两腿直伸，
只剩下心口儿嘣嘣跳一点余温。

有道是疑心生暗鬼——

你本来仅仅是一个幻觉，

既然是从来就没有正式诞生，

当然便压根儿不曾被迫死去，

可怎会鬼差神遣来复辟，

而且还幻化出数不清的"分子"？

谁说咱们中国人没有冒失的想象力，

产生不出超世界水平的第一流杰作？

你，纯东方式亚细亚型的堂·吉诃德的风车啊！

1961年春于长春大兴农场

## 涓蜀梁

夏首之南涓蜀梁，
明月宵行踏青光。
仰窥其发乱蓬勃，
俯视其影幌徜徉。

乱蓬勃呵为立魅，
幌徜徉呵似伏魖。
哎呀哎呀我底娘，
唿哧唿哧大步量。

发越乱来影越幌，
撒腿跑得越惶张。
撒腿跑得越惶张，
发越乱来影越幌。

庄周老人开言道：
处阴息影快躲藏。
孙卿老师指点说：
有有无无决必当。

可是那个涓蜀梁，
众言如风吹乒乓。
两耳塞进了黑豆，
两腿安上了弹簧。

跑呀跑呀停不住，
跑到家门叫声"娘"！
咕咚倒在炕沿下，
口吐白沫脸焦黄。

"哎呀我儿怎么了？"
好似泥牛卧池塘。
翻翻白眼断了气，
汗水未干浑身凉。

从来疑心生暗鬼，
胆虚善畏自招殃。
敬告而今司命者，
君不见兮涓蜀梁？

1961 年于长春大兴农场

## 塑造

獒犬志在獐麋猪鹿，
主人偏要叫它专司捕鼠。
调教三年认狸猫做师傅，
獒犬就是不捕鼠。

主人请教善相犬者：
"打一副铁夹，夹住
它底后足；饿了只喂它
活的或是死的老鼠。"

主人归来一一照办，
獒犬后足被铁夹夹住；
仆卧在堂屋饿得嗷嗷叫，
只得到一只半只胖老鼠。

这办法果然奏效，
没出匝月獒犬便仿佛忘了
獐麋猪鹿；兴致勃勃地
绕着堂屋抓老鼠。

谁说天性不能改造?

改造獒犬执行猫底任务——

用铁夹子夹住后足,

岂不正是塑造士容的法术?

1961 年 5 月于长春大兴农场

## 蒲公英

——为吉大中文系五年级墙报
《蒲公英》题辞

葳蕤岂靠东篱边，
阿那自生南亩间。
深黄艳艳花堪赏，
嫩绿油油叶可餐。
掘得肥根良药苦，
采来瘦果高粱甘。
漫坡遍野添颜色，
看似平凡竟不凡。

1962 年 10 月 30 日

## 啄木鸟

——为吉大中文系三年级墙报
《啄木鸟》题辞


剥剥复啄啄，

羞作呢喃鸣。

尾长如羽箭，

趾短若蝎蜂。

利喙穿坚厚，

钩舌探秽冥。

所攻无不破，

豸蠹难逃形。


1962 年 11 月 5 日

## 咏松

　　——为吉大中文系二年级墙报
《新松》题辞


陪梅伴竹傲繁霜，

冬日青青夏日凉。

白露凝珠弹蜡泪，

绿波侵翠闪霞光。

月明扶送稼轩醉，

发晏来抚彭泽狂。

电击雷轰根不拔，

蛟龙蜿蜒蟠穹苍。


　　　　　　　1962 年 12 月 17 日

# 述怀（四首）

## 一

何处阴霾不放晴，
哪条大道没泥泞？
风风雨雨凭天意，
是是非非凭党评。
肉烂依然锅里滚，
船翻犹自岸边行。
漫云踽踽沙滩浅，
白浪洪涛一脉通。

1964 年 11 月

## 二

不敢逍遥站靠边，
风吹雨打任潮干。
坠甑已破合铺地，
顽石未琢讵补天？

葵断蓬头仰向日，
鱼僵惓眼望归川。
苍黄人世原常道，
方死方生本自然。

1967 年秋


三


莫效蒙鸠巢苇株，
衔泥编发枉精图。
南辕北辙迷燕楚，
西向东航失蜀吴。
苏武胡笳奏汉节，
杨荣黑话写丹书。
学泅得溺寻常事，
一片冰心在玉壶。

1968 年冬


四


骤雨狂风霹雳光，

拯予歧路得亡羊。

十年一觉荒唐梦，

万里重归大泽乡。

好自殷勤酬父老，

慎无灭裂负爷娘。

漫嘲葵断徒蓬首，

枯树逢春亦吐芳。

1969 年 5 月

## 狼虱赞

### 读《狂人日记》有感

虱不咬虱狗咬狗，
狼不吃狼人吃人。
只为狼群无贵贱，
原因人世有卑尊。
虮虱生于穷汉身，
恶狗养在豪家门。
虱何蠹兮狼何狠？
义于狗兮仁于人。

1969 年冬于长春东中华路 11 号

## 败枝谣

风后，沿长街拣落梢，作引柴。

拣拣落梢侧道边，
盈筐频得把腰弯。
难雕朽木难为火，
易折青枝易冒烟。
枯瘦当前也是宝；
湿潮久后总成干。
寸光度热凭多少，
无任牛溲鼠兔膻。

1969 年秋

# 学农（二首）

老农把手教耕耘，
雨润风裁白日曛。
锄杆作篙撑翠浪，
镰刀如月割黄云。
胼胝摩老千重茧，
血汗炼红一颗心。
漫说垄间沟道浅，
犁开大地育新人。

新人新貌新精神，
结伴工农鱼水亲。
土地之盐归土地，
森林底鸟返森林。
真情亦必源实践，
实感自当出真心。
默默大千皆造化，
霜冬着手也成春。

1969 年 12 月 14 日　长春

# 无题（十首）

一九六九年十月，已蒙"解放"，乐得逍遥。夜阑不寐，披衣逡巡，冷月疏星，独步荒苑——没有牡丹的牡丹园中。隔道高墙铁网，阴影幢幢，依稀可辨。猛然有忆，五内鼎沸，得七言八句十首。吟罢低眉，无由投寄，徒自歌哭耳。

高墙铁网气萧森，
咫尺天涯隔晋秦。
熠熠寒星灿碧落，
煌煌冷月坠平林。
新枝拂面苹风漾，
泪雨浇心电火焚。
总为人前多謇嘴，
幽光狂慧种缘因。

幽光狂慧种缘因，
谑浪欹斜逗比邻。
每惹权威白瞪眼，
更教师友暗操心。
名高谤盛浮云过，

气悍灾多暴雨淋。
漫道落红无意绪，
化成泥土润花根。

化成泥土润花根，
花谢花开春复春。
绿水溅溅常左右，
春天默默主浮沉。
白头辉映白山雪，
赤手撕开赤县云。
演戏何如看戏好，
作歌不是唱歌人。

作歌不是唱歌人，
唱到务头倍有神。
一曲东方红日涌，
三叠西子捧心颦。
读君半部羌俗考，
启我平生汉史论。
此意谁人能会得，
白头岭上白云深。

白头岭上白云深，
只要攀登惧棘榛？
不伐不跌唯伐过，

无求无滞但求真。
任他顽劣嘲牛鬼。
竭我悃诚师马恩。
收拾浮名塞敝屣,
胸中焰火吐氤氲。

胸中焰火吐氤氲,
浊地清天变古今。
可上九霄摇月桂,
便游四海捋蛟鳞。
报春不伴游人赏,
噫气常随知己嗔。
第二自然凭手造,
大千世界镌诗心。

大千世界镌诗心,
身锢何妨天外巡。
长啸挥钎凿混沌,
豪歌仗剑裁昆仑。
寰球行看同凉热,
举世争先颂井邠。
修帝区区纸虎耳,
那堪螳臂挡车轮。

那堪螳臂挡车轮,

猫虎猪熊枉吠狺。
四海翻腾云水立，
五洲震荡风雷殷。
人间已是成围猎，
吾辈焉能作隐沦。
无那空闻霜雁唤，
其长其短杳无音。

其长其短杳无音，
我欲以头撞帝阍。
为问苍天可有眼，
复呼大地岂无心。
假真真假凭罗织，
非是是非靠引申。
弹雨枪林穿过了，
归来阶下作囚人。

归来阶下作囚人，
生死茫茫无处寻。
遵命争易于革命，
求仁诚难乎得仁。
落月疏星羞见证，
寒蛩霜雁放悲吟。
一闭监门深似海，

高墙铁网气萧森。

1969 年 10 月 24 日夜至 25 日晨
于长春东中华路 11 号斗室北窗孤灯下

## 棘之歌

陡峭的山崖，倾斜的土岗，
是我的族类聚居的地方。
与荒芜结伴，与偏僻为邻，
蜂蝶和莺燕从不来访问。

春天公平地分给我一身绿衣，
百花园里可没有我的位置。
我不开放灿烂的花朵，
却要孕育丰富的果实。

我浑身披着骄阳的烈焰，
不怕炎热和焦渴的磨炼。
有时又娱乐在暴风雨里，
伴奏的——雷霆，伴舞的——闪电。

西风裸露了我褐色的躯体，
而夺不走我累累的果实。
这日月与风雷结晶的珍珠啊，
像一簇簇火星儿点燃在天宇。

我守卫在西红柿白菜萝卜的边疆，
呵斥那失礼的鸡鸭贪馋的猪羊：
"止步！喂，止步！"挥舞着武装的手臂，
使冒犯者垂涎三尺退后而转向。

冰冻的季节铁叉子送我进灶膛，
哈哈哈！我哗笑，我欢唱。
贡献了全部生命，
爆发出炽热的火光。

1973 年 长春

# 答友人（三首）

## 一

一从结发读宣言，
便把头颅肩上担。
遵命何如革命易，
求仁自比得仁难。
穷途未效阮生哭，
晚节当矜苏子坚。
问俺早知这么样，
早知这样也心甘。

## 二

求道不期作圣贤，
朝闻夕死便悠然。
纷纷白眼随风黯，
勃勃红心入土丹。
马革裹尸成旧话，
猪栏淘粪启新篇。

雷轰电击诚良苦，
苦极方知滋味甜。

三

大道条条绕地轴，
人生各自有千秋。
风云变色由龙虎，
案牍劳形作马牛。
非利非名谁浪费，
唯君唯我任风流。
打开书篓抓耗子，
好汉从不皱眉头。

1973年夏　长春

【附记】

在林彪、"四人帮"炙手可热的时日，挚友龚棘君备受冲击，半身瘫痪，还被迫上山下乡，携妻将雏，伴书篓三十余只，辗转泥途中，美其名曰走"五七"道路。三年后又被召回，书物颇有遗失，书篓中耗子作窝，生活非常狼狈。有个年轻同志见而怜之，慨然说："师乎！早知今日，悔不当初吧。"意谓，如果能够预卜如今的下场，早年大概就不会投奔革命了。龚棘凛然相告曰："共产主义，任重道远，自在意中，何容选择？”因致书于我述其事，且喟然叹曰：“我辈之不为人知也类如是。”因作三律以答之。

　　是的，在国民党反动统治下，有特务盯梢，遭牢狱禁锢，是理所当然；生活在林彪、“四人帮”当政的年月，遭受摧残与打击，也是势有必致。凡此一切，都叫阶级斗争，没有什么不平或不满可说，只需要正视它，力求知己知彼，时刻准备着，力所能及，自强不息，如此而已。此三律大意也。

1978 年 6 月追记于哈尔滨

# 赠桂友兼悼张海（四首）

## 一

清凉刹下扫石窟，
粤海滩头饮画庐。
四十年间新世运，
八千里路故人书。
难为穿浪鱼翔水，
不屑爬坡马识途。
闻道老张成契阔，
几回惊梦到沉珠。

## 二

几回惊梦到沉珠，
张啊临风嘶唤呼。
江上青光隐又现，
日边黑影有耶无。
谁云窃火遭雷殛，
实为缝天触电殂。
君有游魂招不得，
悠悠天地任驰驱。

## 三

悠悠天地任驰驱，
生也促促死也舒。
一自红旗拂顶额，
便将热血许茕茕。
君达彼岸沉心曲，
我为斯民哭眼枯。
越秀梦回斜月冷，
漫天缟素落平芜。

## 四

漫天缟素落平芜，
无限江山尽咽呜。
鬼蜮几番牙咬紧，
人间一片血模糊。
焦渴难禁思延水，
迷惑莫开忆鸳湖。
梦里呼君魂扑朔，
清凉刹下扫石窟。

1976 年 4 月　长春

## 【附记】

1973 年春，余随吉林大学教师参观访问团南游至粤，寄宿中山大学，时桂友新得"解放"，被结合，挂名校党委副书记；张海原任中宣部党委委员，1958 年罹"李黎反党集团"株连，亦获谴，由京下放彼间任教。余应两同志约宴，吃手炙炭火清炖鸭子，共叙延安抗大往事，在清凉山麓石窑洞里打草鞋，编印《新诗歌》小报，历历如昨，谈兴甚浓，忘却外间嚣嚣众口，颇得半日醇欢。此中真意，实亦难落言筌，只是常驻胸臆耳。匆匆聚散，转瞬经年，又三度寒暑矣。不意顷得桂友自羊城来信，剧谓前年三人共饮，而今又弱一个，说是张海在参加一次政治报告大会时，突患心绞痛，抢救不及，竟尔永诀，并从而自叹不善随波逐流，不屑循径爬坡，似颇为纷至沓来的政治运动而苦恼：回潮回潮！三株大毒草！说起来舌蜇齿冷，后生可畏，师道不足为也。因赋四律以志感，时在丙辰四月。诗寄桂友，旋得复书，并附诗作答，诗曰：

## 述怀，答友人

读君情挚话亦诗，故人期许我惭之。
风烛残年成老态，临坡穿浪已迟疑。
但愿此身如牛劲，甘为孺子不为资。
死者已矣生者继，晚节应似松柏枝。

桂友 1976 年 5 月广州

## 挽辞联曲

### ——悼郑律成

上

结交宝塔窑洞里，
诗乐谐心体，
实相得益彰矣。
整三风，
情意弥坚执。
忆当年，
新词谱就常共吟：
八路军进行曲。
拊掌纵谈——
有关抗日，
歌声琅琅激延水。

下

闻耗净月潭湖边，
郢石隔云泉，

吾谁与为质焉。

除四害，

万众尽腾欢。

慨今夕，

旧约成空难同践：

周总理风雷篇。①

翘首挥泪——

无计回天，

哀思悠悠萦燕山。

1977 年 12 月 17 日长春

---

① 1976 年春，曾写一首悼念周总理的歌词，寄抄给律成同志，嘱为作谱，他也慨允，说是要给它安上翅膀，但未及践约，便尔永诀了。

## 怀念
### ——周总理逝世周年祭歌

山山饮泣低头，
水水吞声息波。
十里长街送总理，
百万红心拦素车。
亲人呵嗟嗟！
嗟嗟，
时间慢些，
车辆慢些！
地球哇向倒旋，
哪用着鲁阳挥戈？
看总理不睁眼环视我们，
看总理又扬手要说什么。
您说吧，您说吧，
敬爱的周总理！
全中国聆听着，
全世界聆听着。
嗟嗟！
叵耐那蛇精狗怪，
幸灾乐祸，

兀自狂欢酣舞婆娑。

　　嗟嗟!
　　人民在您心上,
　　您在人民心中。
　　人民与世长存,
　　您将万古永生。


我哭豺狼噪笑,
犬吠天地哀歌。
撼树蚍蜉遭电火,
倒海风雷扫厉魔。
亲人呵嗬嗬!
嗬嗬,
山也笑咧,
木也笑咧!
笑影儿云中闪,
禁不住泪雨滂沱。
让骨灰播种在祖国大地,
让骨灰播种在八亿心窝。
播种呀,播种呀,
敬爱的周总理!
东风吹过原野,
鲜花开遍原野。
嗬嗬!

更是那青松翠柏，
拔地拂天，
永将彩霞红日擎托。
嗬嗬！
人民在您心上，
您在人民心中。
人民与世长存，
您将万古永生。

1977 年 1 月　长春

# 东风歌

## ——为纪念周总理诞辰八十周年而作

## 序诗

虎啸狼噪天地昏，
纷纷大雪压冬云。
一夜东风挟五色，
千红万紫满园春。

敬爱的周总理啊！
您是世纪的东风：
您把黑暗驱散，
您把时代染红。

您给寒冷者送温暖，
您给迷路者指前程；
您使信心充满人间，
您使生机弥漫苍穹。

您把徘徊在"欧罗巴的幽灵"，

吹来到古老的中国；
赋予它以亚细亚的形象，
而后又阔步漫游啊全世界。

为了迎接您光辉的八十诞辰，
让我献上一曲《东风歌》。
虽然我没有婉转动听的歌喉，
却有着跳动的火热的红心一颗。

让我献上一曲《东风歌》，
为了迎接您光辉的八十诞辰。
虽然我没有婉转动听的歌喉，
却有着一颗跳动的火热的红心。


一


东风啊！
你出发自红太阳升起的地方，
红太阳分予你温暖、色彩和光芒。
冲破层层坚冰和茫茫白雪，
向人间送来了鸟语花香的春光。

东风吹向大地，

沉睡的大地苏醒。

东风吹向莽林，

枯干的莽林返青。

东风吹向江湖，

江湖碧波涟涟。

东风吹向天空，

天空彩霞溶溶。


啊！

东风劲吹八十年，

陌绿阡红满人寰。

婆娑常作花间舞，

吹出时代新容颜。


啊！

带着温暖，带着色彩，带着光芒，

你奔腾，你呼唤，你激荡。

向东方，向西方，

向南方，向北方，

打开一切通向未来的闸门，

越过一切阻挡前进的堤防。

二

东风啊！

你吹来追随着红太阳的踪影，

红太阳吩咐你激荡、呼唤又奔腾。

战胜沉沉阴霾和漫漫长夜，

凯歌声升起了彩霞轰响的黎明。

东风吹向儿童，

　　儿童的脸颊红润。

东风吹向老人，

　　老人的腰杆坚挺。

东风吹向农村，

　　农村忙着耕耘。

东风吹向城市，

　　城市顿现繁荣。

啊！

八十年来尽东风，

吹向人间育芙蓉。

人间处处芙蓉国，

一片朝晖火样红。

啊！

带着温暖，带着色彩，带着光芒，

你奔腾，你呼唤，你激荡。

向东方，向西方，

向南方，向北方，

打开一切通向未来的闸门，

越过一切阻挡前进的堤防。


## 尾声

唱完了《东风歌》，

心头燃起一团火。

一团火啊万团火，

万里东风万里歌。


万里歌声声震天，

水连着水啊山连着山。

敬爱的周总理啊！

您在哪边，您在哪边？


您在天津卫，

您在黄浦滩。

金鹏展翅处，
回首战犹酣。

您在赤水头，
您在白山巅。
兀鹰飞不到，
泉韵响人间。

您在长江尾，
您在黄河源。
五千年古国，
历史启新篇。

您在萨尔屯，
您在虎头山。
工农齐跃进，
东风奏凯旋。

东风啊！
东风催春春来早，
人生易老天难老。
已是山花烂漫时，
东风永在丛中笑。

1978 年 1 月

# 读《天安门诗抄》

一

从来义愤出诗人，
实感真情诗味深。
泪洒遥天哭总理，
血濯大地靖妖氛。

血濯大地靖妖氛，
壮志如虹白日晕。
狗怪蛇精遭网猎，
神州八亿结同心。

神州八亿结同心，
耳语飓风惊鬼神。
死不复生生者罪，
栋崩梁折室将焚。

栋崩梁折室将焚，
想总理呵念邓君。
君兮君兮奈君何，

君是周公的替身。


二


雄鸡一唱九州白，
百万不召自涌来。
一百二百千百万，
空前偌大赛诗台。

空前偌大赛诗台，
八亿人民心上摆。
诗的山呵花的海，
八亿人民心上开。

八亿人民心上开，
花圈层层天外排。
好总理呵在哪里？
八亿人民心里埋。

八亿人民心里埋，
人同此心心同哀。
革命悲歌歌一曲，
天安门下起风雷。

三

革命诗抄万口传，
这诗的确不一般。
非以诗篇作生命，
而以生命作诗篇。

而以生命作诗篇，
霹雳轰隆震九天。
万众扬眉剑出鞘，
红旗血染国门悬。

红旗血染国门悬，
头颅播种牢坐穿。
何惧精妖喷毒火，
擒妖打鬼有来贤。

擒妖打鬼有来贤，
一振长缨缚党奸。
碧血浇出胜利果，
丹心浩气照人间。

1977 年 10 月

# 葵 之 歌

# 诗二首

## 旅途

斩披成世道，冷热濯人生。
冬雪接花舞，夏云击水声。
石牛通蜀栈，木马破伊城。
白日倚天剑，松涛卷地风。

## 归人

久别身成客，山村人影稀。
涧无石不怒，檐有蝠纷飞。
晚照溶孤雁，西风扫落晖。
摇拳嘿吠犬，敲杖叩荆扉。

自 1958 年 10 月 10 日到 1979 年 1 月 12 日

# 俳句

喜读五中全会公报，感赋拟俳句二十章


像旭日升起，
像真理一样诚实，
像诗一样美。


这心是红的，
与民心一起跳动，
这话是真的。


真理靠实践，
冤案再大也平反，
阴霾终驱散。


把历史真实，
再还给真实历史：
"刘少奇同志！"


为什么仅仅
叫一声，就会使人
不禁泪纷纷？

这名字不只
代表着一人，而是
老一辈整体。

老一辈党人，
沉冤屈辱受欺凌，
革革革革命。

咦，又何足论！
如果不把水搅浑，
怎么会澄清？

历史是杆秤，
时间便是定盘星，
是非不容混。

历史最清醒，
是假决不能乱真，
良知不容泯。

历史的良心，
容不得半点迷信，
权威等于零。

像人的眼睛，

容不得一粒微尘，
事关无"信任"。

谁不曾叫好，
关于那张大字报？
怎奈抓空了。

炮打司令部！
我们谁不曾欢呼？
怎奈是盲目。

历史有良知，
说什么"信任危机"，
只要不自欺。

那过去了的，
已永远成为过去，
付够了学费。

付够了学费，
学会了一条道理；
要实事求是。

要实事求是，
就是按规律办事，

像公报说的。

名誉要恢复，
耻辱钉在耻辱柱，
这就是规律。

话说得真实，
不回避也不夸饰，
这也就是诗。

1980 年 3 月 1 日　北京

# 虹

## ——致"中国作家代表团欢迎委员会"诸日本朋友

雨后，高空里出现一道彩虹，
好像搭起了一座长长的桥。
一头起自白云怯步的富士顶，
一头落在玉龙飞舞的昆仑坳。

这长桥已经搭起了两千年，
原材料都是文化诗歌友谊。
尽管几度时代的狂风骤雨
把它吹断，却又自动地相联。

文化是历史波涛交汇的汪洋，
诗歌是人类精神天空的雷电，
友谊是发动云蒸霞蔚的阳光：
这是不能摧毁的人性大自然。

长桥渡过风波九死的鉴真，
长桥渡过沉月虚惊的晁衡，
空海的风采辉映郭沫若鲁迅，
旷代最强音：大江歌罢掉头东。

如今是轮到了我们这一代，
渡过长江踏着前辈的足迹，
挟着文化挟着诗歌挟着友谊，
看贯日白虹更加绚丽而多彩。

朝御昆仑飞舞玉龙之骄骄，
夕拂富士怯步白云之盈盈。
心底歌声已藻饰了这长桥，
心连广宇啊那长空的彩虹！

1980 年 4 月于日本东京

# 游桂离宫

　　四月十日下午，天气晴和，阳光明丽，偕艾芜、草明、杜鹏程、邓友梅、敖德斯尔诸同志，在日本友人菱沼透君陪同下，由子谷一夫先生导游桂离宫，伴游者有田畑先生。桂离宫是十六世纪时智仁亲王和智忠亲王父子两代精心筑造的别墅，占地面积约五万六千平方米，是个纯日本式的庭园，亲王领地傍依桂川，宫址在下桂地方，所以叫桂离宫。桂离宫的营建，创意清新，大建筑家格罗庇乌斯博士说它是："伟大的人类理想寄寓在惊人的单纯性，无形的东西通过有形的实体表现出来。因其无可复加的淡雅朴素与谐调适称而具有了最现代化的品格。"漫步其间，聆听着导游者娓娓不倦的解说，陶醉在美的境界，沉浸于友谊的氛围中，不知不觉半天过去了。

实虚隐显桂离宫，
如梦如诗如画中。
无限凝神于有限，
有形充溢乎无形。

御幸门开御道平，
当年御舆寄前庭。

我侪健步循莹谷，
踏碎疏光浴竹风。

竹风飒飒天桥立，
吹皱一池春水碧。
红叶山高倒影悬，
神仙岛上走飞石。

飞石直铺月见台，
风光络绎四方来：
月波荡漾松琴袅，
笑意轩牖半掩开。

松琴亭畔闻天籁，
四季常留春意在。
一片葱茏连远幽，
涛声不已达方外。

月波楼下月波湖，
月点波心一颗珠。
不是当头辉丽日，
几疑身在诵莹书。

逶迤穿过赏花亭，
笑意轩前看醉樱。

茅茨低檐乡土味，
倒枝垂萼柳杨型①。

垂樱戏予醉樱号，
惹得大家莞尔笑。
子谷先生笑最酣，
菱沼举手忙拍照。

拍下欢情和笑声，
林花深处啭流莺。
不约侧耳会心听，
唯见无涯绿影浓。

唯见无涯浓影绿，
绿山绿水绿空气。
依稀望眼绿风吹，
天上绿云飘绿宇。

天上绿云地绿荫，
绿云聚散绿荫深。
人间行看均凉热，

---

①樱枝倒悬，如垂杨柳，人称垂樱。赵朴初《二条城》诗有句云："垂樱张盖作霞明。"是日，子谷先生指笑意轩前的垂樱说，如美人力不胜衣，睡眼惺忪，作醉酒状。偕游诸同志，相顾莞尔，因戏呼醉樱。

我辈矧为同种文。


同文同种自同好，
人世沧桑天不老。
茶道插花美善真，
单纯淡雅极玄妙。


淡雅单纯见性灵，
一花一草一灯笼。
中书院里听说古，
不尽诗情更友情。


　　　　　　　　　1980 年 4 月 10 日夜于日本京都

# 别清水正夫

逢君又别君
桥头执手看流云
云海染黄昏

扑闪着眼神
大地撅起它的唇
向星空飞吻

河汉清且浅
流云轻轻扬白帆
飘去又飘还

又如双天鹅
婆娑起舞弄清波
唱一曲骊歌

天也同人怨
相逢不易别更难
聚散倏忽间

世事似穿梭
人生会少别时多
分手紧相握

旬月输诚交
播下百年置腹心
有分耶无分

有分者形迹
永无分者是情谊
海外存知己

知己坚弥真
艺术与诗赋精神
环球若比邻

山与山不见
彩云相连，人与人
相连以思念

二十天虽短
生命却由以充满
声光热醇欢

此地一为别

回忆长将唱着歌
把我们结合

1980 年 4 月 16 日于日本长崎

## 真实万岁

既然艺术真实只能生发于历史真实；
所以艺术真实终必从属于历史真实。

　　　　　　　　　　　　——如是我闻

人类社会，一代一代又一代
繁衍生息，相呴相濡，相啮相踏
犹如长江大河后浪催前浪
鱼龙混杂，挟泥沙而俱下

时间，须发白万丈，却永恒地
睁圆诚实明亮且富智慧的巨眼
注视着，任何什么事物巨细不遗
从有名到无名，从宏观到微观

一切大大小小
一切长长短短
一切是是非非
一切明明暗暗

一切的一，一的一切，经过

时代回旋加速器的颠簸

而转化为信息，真情假象贮存于

历史，这个无比巨型的电子计算机


不依任何主观意志

不顾任何权威批示

不管任何巧妙构思

不论任何华美颂辞


凭谁抓什么长短辫子

任谁打什么钢铁棍子

由谁戴什么反坏帽子

让谁装什么特密袋子


抹的黑不久长，贴的金粘不住

凡是谗诬，凡是谀媚

在实践的锤击下都将被戳穿

历史荧屏上只显示真实


而真实也必将被显示

包括虚假也必将被揭底

真实的光辉冻云冷雾不能遮掩

真实的污垢白浪洪涛不能洗涤


假是真的虚妄的倒影

恶是假的妻，丑是它们的儿子
只有真的才能够是善的
只有真的又是善的才能够是美的

人类历史长河，一道波涛汹涌的浊流
真实的冲击力不在泥沙而是洪水
升华为云蒸霞蔚，它通向浩瀚的宇宙
鱼虾和恐龙的化石则长埋在泥土里

1981 年 6 月于长春医大一院

# 读史断想三题

## 创新

孩子的前途，照理应当
比母亲的更长远，更宽广。
但是，当他迈开第一步，
总免不了，免不了啊要依靠
母亲的手来搀扶，来引导。

创新，从一个起点前进，
以前人的终点作起点。
向人迹罕至的地方和高处，
跋涉、攀登——每一投足，
都是生命的探险。

如果误以为万物皆备于我，
既前无古人，又后无来者。
一切从我亦即从零开始，
那便去磨石作梨，钻木取火，
在岩洞里刻画弯弯的牛角。

其实，我们的老祖宗并不会，
以最强音高唱自我之歌。
他们不曾和众人和万物分开，
创造也并不凭魔术般的直觉，
汪洋乃是涓滴的汇合再汇合。

信心，是焰钢炼自谦虚的炉膛，
蘸着汗水淬砺成的镰刀；
狂傲，只是在不毛的盐碱地上
苗生的一丛丛蒺藜和杂草；
不斩荆披棘，健步也会绊倒。

现实，永介于既往与未来之交；
刹那是永恒的一个练环，
颗粒是广宇的一个细胞。
狐鼠乱窜于榛莽间，
一万年也踩不出一条大道。

大道如无后继便荒芜，
开辟者切莫睥睨前驱。
假若只会以鼻音去奚落
母亲的母亲——一个干瘪老太婆
那就永生跌在地上啃土。

谁说要提倡骸骨迷恋呀？
人的双目既然生长在头脸前面，
昨天不再现。要看朝霞就必须
奔向一唱雄鸡时的明天。
而不屑回顾，又怎能前瞻呢？

## 未来学

你怎么能够盼望明天
将会有红日从东方升起，
而且万丈霞光辉煌灿烂——
假如没有昨天，昨天的昨天，
以及昨天的昨天的昨天？

假如记忆的仓库倾圮。
想象的能源便发生危机；
假如追求的航道迷斜，
理想的灯标便势必毁灭；
假如义愤的火山窒息，
心灵的显像便陷于凝滞。

于是创造失去动力，
生命失去意义，
艺术失去光辉。

于是真善美惴惴低头，
假恶丑扬扬得意，
历史舞台将为疯狂独据。

但是，你呀！切莫如此悲观，
因为出来作证的乃是实践：
假如止于假如，永远不会实现，
既已实现的现实——是昨天，
昨天的昨天，以及昨天的昨天的昨天。

昨天永诀了：黄河东逝，白日西掩。
漫道一去成空这流光与逝川，
它却使你充实、坚定、丰满——
决不仅仅是什么直觉、情调、梦幻，
而是以理念，以意志，以情感。

明天不会再现昨天的模样，
但正是昨天赋予你一种力量，
对于明天永远能够盼望：
将会有红日升起在东方，
而且霞光万丈灿烂辉煌。

## 现实

一座拱桥紧密地
连接着过去和未来。
桥是单向型，由此岸
到彼岸，有往无还。

它很短很短，一步
就诀别了此岸。
又很长很长，彼岸
永远也不能到达。

它是一个点，又是
一条不见端倪的线：
相当人的一生，
相当历史的一个时代。

它是一个点，又是
一个漫无边际的面：
相当整个地球，
相当全部第二自然界。

沉埋了亿万年的巉岩断层，
浮现在地表，曝照于阳光——
各种能源以及各种金属矿藏，

火山爆发漫天喷射的岩浆。

恐龙、鱼虾以至原生菌类化石，
与电脑、航天飞船、原子反应堆，
集会于桥背把古今浓缩。
显像为绚烂的文化、艺术、科学。

盎然盛开了思维的花朵：
头上武装着闪电雷霆，
脚下激荡着裂冰流火。
哗笑，噪叫，撕扯，扭结，将时间缝合。

有谁还会再慷慨浩歌：
前不见古人，后不见来者！
当桥身已经拱得这么高，
前前后后都隐隐地瞭望到了。

　　　　　　　　　　　　1982 年 2 月于大连

## 鲁迅与胡风

> 恭请诸神让位
> 谨祈法律行时
> ——祷辞

他从来不捕风，
所以他不善于捉影

鲁迅没有看清——
胡风是一个
反革命集团的首领，
这不能证明：
鲁迅没有长眼睛。

如今又给胡风平了反，
据说，也不存在所谓
胡风反革命集团；
这也不能断言：
鲁迅比别人看的远。

鲁迅是人，不是神，

无需油漆涂彩，
没有香火熏黑。
一不会无中生有，
二不会把是作非。

鲁迅生着正常的脑筋，
他的眼睛只关注
实实在在的事情。
决不以耳代目，
决不混淆视听。

他不善于捉影，
因为他从来不捕风。


1982 年春大连干部疗养院南楼

# 啊，伯箫，伯箫哟

啊，伯箫，伯箫哟！

君兴凌岱岳，
我起自滹沱。
秉性直且鲁，
结交情意多。

同攀燕岭棘，
共沐延水波。
悠悠五十载，
历历坎与坷。

怒眉折敌顽，
俯首甘屈枉。
延安与西安，
冷暖割霄壤。

肉烂锅里滚，
船翻岸边行。
精诚烛肺腑，

夜纺不用灯。

人生几度春，
佳木斯难忘。
桃李自成蹊，
踏歌载路唱。

病痞亲汤剂，
梦寒添衾褥。
文章百代师，
煦煦老保姆。

跋望六合云，
遍蹚千里雪。
黑水浮白山，
峥嵘望岁月。

迅过鸡毛信，
韧如戈壁舟。
每将百炼钢，
化为绕指柔。

冷风吹不灭，
熊熊的火炬。
何堪遭颐指，

驯服的工具。

奄忽成一纪，
俟我鼓楼东。
文学讲习所，
相约做园丁。

不惜变泥土，
舍命润花根。
拼得一腔热，
赢来满苑新。

辛勤浇汗雨，
岁晏耐霜寒。
四季开不败，
经冬色更妍。

春风濯中国，
白发自潇骚。
山屋两间半，
容膝岂在高？

啊，伯箫，伯箫哟！

甘做万人梯，

没半点体己。
一任子侄行，
嘲笑老积极。

老骥不伏枥，
夸父逐日跑。
道渴弃其杖，
邓林鞠茂草。

茂草作甘饴，
酿为白乳汁。
黄牛盘磨道，
鞭挞当鼓励。

此身既许党，
只进没有退。
梗阻见贞邪，
危难验真伪。

身已陷牛棚，
犹自诵党章。
党在心儿里，
党费缴悬囊。

悬囊迫解开，

一颗红心跳。
世道几沧桑，
天老人不老。

人间重晚晴，
迈步从头越。
生命即攀登，
夕阳弥采烈。

奈无金石坚，
叹此草木质。
倏然秋风飓，
焉得回天力！

我病君呻吟，
君死我呜咽。
呜咽西风悲，
撕裂衷肠热。

我病君欷歔，
君死我号咷。
号咷东海沸，
五内煮狂飙。

狂飙扫朔野，

引领瞩幽燕。

世界本来大，

天地蓦然宽。


一生唯马列，

生得其所久。

骨灰撒泰山，

死而不亡寿。


累累泰山石，

郁郁泰山松。

是谓寥天一，

红日嘘长风。


啊，伯箫，伯箫哟！

1982 年 8 月 17 日丹东
1982 年 9 月 17 日长春

# 重逢（九首）

　　挚友刘君西林，三七年秋济南一别，屈指已四十有七年，虽书信偶通，而声容久违，非相忘于江湖，实参商于同天。日居月诸，塞北江南，少年情谊，蒙念弥深。八三年五月，得妻翔偕行，赴成都参加中国毛泽东文艺思想研究会年会，寓军区招待所。三十日下午，突有不速之客，叩门过访，审视久之，乃西林也。不禁哭笑并臻，悲喜交加。一时往事历历，故影栩栩，都浮现眼前。回忆当年共同走上革命道路的同伙诸友，均已先后离尘，生睹今日盛世者，只剩我俩。言念及此，不胜欷歔。西林在渝，过蓉乃准备结伴飞京，出席政协五届会议，翌日即成行。会少别多，我辈早习惯了。而皓首古稀，客中邂逅，得半日晤谈，亦足以快慰平生矣，是为序。

一

乍逢问贵姓，
审视惊呼名。
执手声呜咽，
盘肩泪纵横。

山山重水水，
雨雨更风风。
四十七年了，
鬓霜焕昔容。


二


朦胧浮现出，
友谊与初恋。
相伴寻荒庵，
偕游赴梦天。
前生缘已尽，
此世意犹憨。
转念旧时友，
悲伤摧肺肝。


三


旧友凋零尽，
赵郝谷李孙。
各殉四海志，
同作百年身。
遍数南达北，

惟余我与君。
风雷思劲草，
郑重故人心。


四

小郝年最少，
碧血溅龙华。①
老赵称兄长，
蒿歌暗塞沙。②
难逃谗者嫉，
髯李才徒赊。③
竟遇帮人陷，
兵孙义枉侠。④


五

最遗千古憾，
大谷死奇冤，⑤

---

①郝培庄于抗战前夕即牺牲于上海。
②赵慎余在抗战期间遇难于塞上。
③胡子李树藩，新近亦抑郁忧愤而卒。
④绰号大兵的孙志远，于"文化大革命"之初即遭诬陷。
⑤谷万川竟于"文化大革命"中遭受杀害。

现行反革命，
史实正倒颠。
头撞金陵狱，
血烧清苑天。
崎岖成大道，
九曲十八弯。


## 六

无论多弯曲，
时时总向前。
慢行抑快跑，
外围或中坚。
步步朝阳路，
铮铮革命观。
跟定红旗走，
死生都坦然。


## 七

我辈皆区区，
扎根大众间。
风云八万里，

尘土六十年。
涓滴汇沧海，
特殊见一般。
已随心所欲，
笑对两头斑。

## 八

头斑多话旧，
复问到儿孙。
生命在转化，
历史长年轮。
非无如逝叹，
自有后来人。
无限夕阳好，
黄昏蕴锦晨。

## 九

锦城如在望，
各为奔波忙。
老骥不伏枥，
雏驹已负厢。

君就飞幽燕，
我须转楚湘。
蓉城半日会，
会短情弥长。


1983 年 5 月 30 日于成都军区招待所

# 哭智建中

去岁悼伯箫，天低常闷气。
今年哭建中，路窄披荆棘。
吴长我二年，智少我两岁。
人称吴张智，辕骧三兄弟。
同攀燕岭云，共饮延河水。
携手佳木斯，浇汗培桃李。
桃李满园新，东风漾红紫。

红紫香飘散，风雨送春归。
伯劳东遣去，玄燕两驱飞。
人寿能几何，几度佳木斯？
春来漫不觉，春去又偏知。
花落逐流水，转眼秋风吹。
秋风摇百草，草枯烧成灰。
草灰无冷暖，天理有是非。

天理有是非，大道有直曲，
曲道总有头，深渊总有底。
帽高能遮天，帽大难盖地。
莫说失去党，党在深心里。

上下五千年，纵横八万里。
位置自选定，不由人移易。
民主向共产，时代的规律。

共产主义者，原非自生成。
钢要火来炼，玉须琢以攻。
学习与批判，运动与斗争。
客观的需要，改造的过程。
小资产阶级，知识分子型。
道路更曲折，尤其要整风。
自觉干革命，凤凰之再生。

无奈三十年，路弯阻且长。
歧中复有歧，歧路追亡羊。
头上撒冰雹，脚下踏迷阳。
风波一失所，文化大疯狂。
知识成罪证，理论触刑章。
生作中国人，偏得不寻常。
付够了学费，赢来好时光。

实践出真知，思想大解放。
拨乱而反正，找到了方向。
时代卷洪涛，涓滴亦高涨：
或作权利谋，或为子孙想。
语言成泡沫，行动见真相。

老智呵建中，与此隔霄壤。
待业二十年，当仁而不让。

老骥不伏枥，奋蹄一驰骋。
时乎难得再，昂首赴征程。
廉颇张师帜，将士齐欢腾。
旗开犹未举，箭搭待引弓。
目标方认定，功败于垂成，
星陨东方白，麾靡满地红。
天乎命也乎，赍志了一生。

莫吞赍志声，生得其所久。
莫呼命与天，死而不亡寿。
衡之侪辈中，实堪当马首。
或驯服工具，逆来而顺受。
或甘做阿Q，船翻沿岸走。
惟君气浩然，宁折而不苟。
铮铮党性光，奄忽亦弗朽。

妻女皆英隽，举家尽佼佼。
伴君泥途中，不皱眉弯腰。
写信缺邮票，做饭短柴烧。
诗书未辍断，恩爱弥坚牢。
昔日意中人，终生心上姣。
乳燕成海燕，灯标匪风标。

生命当转化，历史正汐潮。

扪心无疚悔，瞑目无怨尤。
襟怀未尝舒，信念未尝丢。
众萤积巨光，燃亮东海陬。
红日既已出，爝火合当休。
真理如大道，崎岖没尽头。
不诩能占有，只要肯追求，
路窄而天低，两间亦悠悠。

惟余生者戚，建中啊伯箫：
辕骧既解散，我目枯以槁。
晓骑战斗死，驽马徒萧萧。
萧萧且徘徊，天地何寂寥。
茫茫者地大，渺渺者天高。
死生成契阔，幽室不复朝。
出门靡所之，挥泪赋离骚。

　　　　　　　　　　1983 年 8 月 9 日夜于长春

# 七十三岁自寿

我注望着　注望着　注望着
时间
望也望不见时间的
容颜
　　只望见一番番
　　春花春鸟　秋月秋蝉
　　夏雷暑雨　冬雪奇寒
　　黄河东逝呵白日西掩

我注望着　注望着　注望着
风
望也望不见风的
踪影
　　只望见一宗宗
　　杨柳依依　樯帆篷篷
　　悠悠云白　猎猎旗红
　　沙飞石走呵树拔屋倾

一只无形的手
一种潜在的能源

头染白霜潇骚
脸写狂草凌乱
　　来往变古今
　　瞻顾为前后
　　这中间紧紧地连接以
　　创造——有生先　无生有

打开未知的锁键
要用已然的钥匙
那还有明天
若失去规律
随心所欲不逾矩
纵古稀怎保证能够
掌握现实之谓解放
认识必然才得自由

挥手向时间告别
每分每秒都是永诀
御风与流光同步
一瞬一息都将长驻
　　真理像道路一样
　　弯曲而没有尽头
　　莫矜夸已经占有
　　只贵在永生追求

1983 年 2 月—4 月于长春

# 眼睛

恒无欲，以观其妙；
恒有欲，以观其徼。

　　　　　　——老子《道德经》第一章

婴儿的眼睛是清澈的，
青年人的眼睛是热烈的，
中年人的眼睛是严峻的，
老年人的眼睛是睿智的。

世界反映到婴儿的眼睛里，
大不过妈妈的奶头。
日影恍恍，月色溶溶，风丝细细，
吹不皱一池春水。

青年人的眼睛搜寻世界，
猎人追逐猎物，情人追逐爱情，
蜂蝶追逐花朵，风追逐火，
噼剥作响的光与热。

中年人的眼睛把世界探索，

实验台上决定成败的数据，
田野里判分丰歉的收获季节，
"？"与"！"起伏交织的乐章。

世界浮现在老年人的眼睛中，
一本摸索断线了的百科书，
一张偿付过了的账单，
苦辣酸甜都已中和为平淡。

眼睛是心灵的窗口，
不会隐瞒更不会说谎。
愤怒飞溅火花，哀伤倾泻泪雨，
它给笑声镀一层明亮的闪光。

思维着的精神之中枢，
并不只是悠悠然用来旁观。
它提供信息以作判断，
没有判断便什么也看不见。

婴儿以哭号召唤乳汁，
凡有生命就有意愿。
完全的客观和完全的真实，
自然存在着却不能把意愿窒息。

人类生活于第二自然，

有名乃源于无名。
无欲只是说不妄想不臆造，
有欲意味着追求理解通过钻研。

清澈不是从无欲中来，
热烈严峻睿智都基于实践。
人的过程尽管只是一瞬间，
但它必然和世界的过程同步。

岂止同步？人的过程
原是世界过程的有机构成。
不管古今哲人说了些什么，
都是世界的一种自我思维活动。

假如世界只在婴儿眼睛中
做着纯客观自在的运动；
可能人类还与古猿蜥蜴同居，
攀援跳跃在原始森林里。

惶惑和呆滞并非有欲的苦果，
而是清澈、热烈、睿智的侣伴——
正如夜是怪的间歇，阴是阳的一面；
若是没有眼睛世界会有什么意志呢？

1984 年 7 月 28 日　长春

## 送别宋振庭

区区方寸融尽无限寥廓，
谁说炼石补天的只是一个女娲？
诚然不错，艺高人胆大；
理所当然，言激世情薄。
说长道短，物议由它去议；
震古烁今，啸歌归我来歌。
大言炎炎烛映残夜蒙蒙亮，
灵犀的探照灯射穿

　　浊浪排空的浑河。

灵犀的探照灯显像出鱼鳖虾蟹，
直迫使众水族网罩于熊熊烈火。
有幸蒙天赋既然生秉此能，
无憾遗人间也便死得其所。
崎岖曲折道路纵有千条，
光明磊落丹心却只一颗。
别了，别了！送君返回大化中，
乘长风放浪于寥天，

自由的灵魂永不灭。

1985 年 2 月 16 日
长春夜降、电断、烛光摇曳中

## 痛苦的燃烧
### ——读蔡其矫《山的呼唤》①

燃烧的痛苦揪心，
痛苦的燃烧燎原。

我看见天真和赤诚，
是青绿的枝条，
承受着烈火的焦灼和炙烤。
而终于燃烧起来，
终于燃烧起来了！
冒着潮湿的焦味儿的烟，
流出浓黑的泪，
额头上沁满汗水，
吱吱叫着，吱吱叫着，
飞跳着金色的火焰。

我看见火焰在哗笑，
呈献庄严的高昂；

———————————

①蔡其矫《山的呼唤》见《星星》1984 年第 12 期。

皱起眉头咬紧牙关，
暗下牺牲的决心。
是悲伤、是愤怒、是热情，
是爱、是憎、是泪水里升起狂涛。
飞逝的往事和失去的战友，
沉重有如万水千山。
记忆是加油站，
痛苦是发动机。

我看见倒春的寒潮，
冻僵了返青的麦苗，
冻枯了新结的花苞，
把田垄里苗生的棉芽冻倒。
季节显然已经迟到，
但规律不会改变。
巨大的艰辛里孕育着
幻想、希望、新的诞生。
正是燃烧的痛苦，引爆
痛苦的燃烧。

理想使痛苦光辉，
痛苦使理想崇高。

1985 年 4 月 25 日
于北京百子湾腾飞大旅社

## 致一位不相识的诗人

在你立足的大地上，染红了
张志新、遇罗克的鲜血。
你从撕裂长空的
一声晴天响雷中
惊醒；不，惊呆了。
你还太年青，赤子的
神经承受不住。以至
天真与豁达凝冻于噩梦中。
笑靥一下子布满皱纹，
涟漪塌陷成黑色的沟壑。

从此，你紧皱着眉头生活，
眯缝起眼睛来看世界。
胸腔里激溅着
一团沉甸甸的火。
谁能责怪你未曾成长为
一个真正的战士呢？
而你既已像一个男子汉那样
站立起来了。
一个男子汉，

眯缝起眼睛，
紧皱着眉头。

当混沌和懦弱已被
自燃的烈焰所焚毁——
再不肯喊"他妈的一声万岁"，
以保持不长出花白的山羊胡子；
再不肯在盐碱滩头顶礼膜拜，
以警惕不显示以鸣鞭为快者的高大；
并且坚定地站起来
代替另一个倒下的人，
"为了每当太阳升起，
让沉重的影子像道路
穿过整个中国。"
你的诗句，如同爆炸的
集束手榴弹，使着
每一颗年青的良心都震颤了。
直到为你任何一个
轻率的游戏的字或词
辩护。

从而，崛起了
诗人的凝思，
冷峻的和沉郁的凝思。
是愤怒，是燃烧，

是否定，否定，否定：

我——不——相——信。

裹在一团乌云里环顾观望，

在人我之间升起了一个北冰洋。

只由于瞥见在古墓丛中

奔突着一群红眼睛的饿狼，

便本能地从心头挖一条鸿沟，

截断通向未来的大道。

于是地壳裂变，

世界解体，

规律消逝。

现实成为谎言，

一切只是情绪的喻体，

由直觉、错觉、幻觉赋予

生命以意义。


你惯于从猎枪与猎物之间

步量自由的短长，

以为凌暴与吞噬就是万有引力。

你惯于从拖着长长尾巴的哈雷彗星之一闪烁

　来观察宇宙的广阔，

以为它出现于黑暗又投入到黑暗。

声音与色彩都是

由自我喷射而渲染，

时间在午夜打盹。

（你似乎给它吞吃了过量的安眠酮。）


晨鸡不曾唤醒你的午夜，

轰响的黎明也没有映红你的窗帘，

阳光更使脸色苍白；依然在

以点着无声的烟头来袭击黑暗，

不管手指熏得焦黄。

同代人都说：

现实不是梦。

你却固执地说，

梦不是现实。

你自述的履历：

梦是孤零零的。

用"家伙们"称谓同辈，

头痛提起过去。

难道过去真是烂鱼？


缺陷永在。

运动不止。

地心的火种也许有一天终将熄灭，

然而它却毁灭不了宇宙的谐和。

人类不一定总爱听颂歌与赞歌，

化分与化合同样裨益于生理过程。

没有谁要把诗人

倒挂在一棵墩布似的老树上；

诗人永远可以在选定的地方
自由地眺望。
不过，播种疏远者
却只能获得同物。
如果把他人一律看作
地狱，
潮湿与阴冷萌生自内心和血液里，
那么，光与热便难办，
太阳，你曾期望过它的升起
也无能为力。


人们不会忘记，
而且永远感激：
诗人起步在前，起点也高。
但是，为什么总这样对人类摇头？
跟邪恶与不义自然没生意好讲，
而噩梦绝不会是诗的富矿。
那些写在止水上的诗句，只合
在星光下阅读，比囊萤映雪
还更模糊。是时代在捉迷藏，
你找不见它便拉长了脸；当年的
雄奇也隐身起来了。
是不是诗人的手表

需要擦一擦油泥呢?

1985 年 5 月 15 日上海
复旦大学招待所

## 读鲁藜《鹅毛集》

### 一

沾在小草上的
一串串朝露，
是星星偷偷弹下的
一滴滴泪珠。

星星悄悄陨落了。
朝露映着霞光，
才更晶莹清冷。

### 二

莫叹匆匆，
莫叹风狂雨恶。
只有林花谢了春红，
枝头
才会结满累累秋果。

三

我提着竹篮儿，
来拾取朝露，
来采撷秋果。

竹篮里装满了：
星星的哀愁，
蜂蝶的吟歌。

四

竹篮儿已经撑破，
我的收获，
还有很多很多。

智慧的单纯，
醉痴的丰富；
泪痕和血痕
融成的锦绣，
以及风雷云雨
结晶的欢乐和痛苦。

## 五

泪湿的笑影,
笑浮的泪花
这人生的经纬,
交织出的斑斓缤纷,
生涩和圆熟。

## 六

痛苦彩濯了理想,
它使信仰更辉煌。
经过烈火的焠砺,
剑锋更加锐利。

## 七

哪有药石不需熬煎?
哪有金刚不要锻炼?
窖封的陈酒,
格外芬芳,
最能醉人,

梦游奇幻境界。

## 八

把历史的失误
做勋章，
来装饰自己，
那是逃兵的行为。

男士的剑，
久已斩断了，
呻吟与埋怨的
藤蔓。

## 九

党在心里边。
虽然是后天生成，
却已是基本属性，
是光是热是原动力；
是根，
永远挖不净；

是生命，
只要一息尚存。


十


生命便是
有机的结合。
一滴汇入大海，
一瞬连于永恒。
总和才有个性，
才有风格。


十一


谐和，
而不雷同。
永远是这一个：
和则无限丰富，
同便几等于零。

十二

梨刻着皱纹，
散披着银发的
童心，
是真善美，
是智仁勇，
是有限向无限的升华。

1985 年 9 月 7 日
长春医大一院干字 402 号

## 晴川阁之夜

　　明晨且有远游，弥觉此间短暂。匆匆过客，缀为行程；此岸彼岸，迭相转化。慨人生亦复如是：以有涯逐无涯耶？以无涯寓有涯耶？望星空，怅寥廓。爽然如有所失，又蓦地恍若全得之矣。时于一九八五年四月二十九日子夜，地在武汉晴川饭店，听涛归来，写于灯下。

忙里偷闲亦境界，
动中有静此良夜。
红墙默默隔红尘，
策杖拖鞋独步月。

　　月光如水水空明，
　　荇藻浮飘交纵横。
　　原是风吹竹柏影，
　　清辉洒地正溶溶。

星月在天天在水，
群星眨眼齐咳嘴。
微风吹皱一池天，
弦索轻弹鱼摆尾。

银鱼摆尾任逍遥，
欲奋飞鳍且漫邀。
珍重浮生闲半日，
不听宏论听江涛。

江涛万古放悲吟，
泽畔长游屈子魂。
此曲只应骚客领，
伧夫能得几回闻？

滔滔此曲声成文，
声自天然文自心。
大象无形涵众妙，
惚兮恍兮见玄根。

# 过蒲圻有感

　　文学信息的历史积淀所形成的多层次氛围，使它与其他社会信息区别开来，而融入于活的有灵性的第三自然界。现实生活则永远只能是第二自然界的有机构成。

这赤壁不就是那赤壁，
文武遥望五百五十里。

生活有幸升华作艺术，
云蒸霞蔚彩化江湖水。

强舻灰飞烟灭扬稻香，
羽扇纶巾谈笑觅何处？

铜琶铁板永唱大江东，
明月清风长吟赤壁赋。

哪里是真赤壁假赤壁？
这留给历史家去考据。

而黄州太守峥嵘诗句，

已融入民族审美意识。

历史积淀层中的信息，
润物细无声的阳春雨。

1985 年 4 月 30 日扬子江旅行船 208 号

## 神女峰

哦哦神女哟！凌空兀仡立。
朝云暮雨情，古往今来意。
情爱染霞光，意痴萦汉碧。
昂首岂沉思，俯身抑注视？
天地有穷期，等待无了日。
渺渺枉凝神，茫茫徒屏息。
万物敝则新，世代终复始。
人事几沧桑，情意坚金石。
历久显忠贞，怀远见纯一。
以君绰约姿，感我于耄耋。
君驻绿云端，我披迷路棘。
风波一荡摇，天地几倾圮。
季节纵迟到，阴阳靡改易。
何惧倒春寒，履霜坚冰至。
行行重行行，步步踏血迹。
道路尽多歧，目标仍一致。
涓涓汇江河，斑斓成历史。
攀天骨做梯，铺路头为砺。
瞩望再瞩望，揪心而裂眦。
耿耿促胸襟，悠悠长道里。

神女会我怀，我解神女志。

缭绕巫山云，迷蒙峡谷雨。

心潮逐大江，澎湃东流水。


1985 年 5 月扬子江旅游船 208 号

## 葛洲坝放歌（二首）

缚虎长缨缚奔龙，
时空截断驻时空。
平湖漫岬沉今古，
大坝拦峡泯西东。
青臂擎云输地力，
彩雷鼓浪奏天功。
铁门开处风生翼，
闸启凌波逐影行。

凌波逐影赛夸父，
列子御风犹却步。
千里江陵一日还，
万年神女片时晤。
飞虹入水伴龙翔，
走石驮天从虎舞。
袅袅烟云染画图，
龙腾虎跃长缨缚。

1985 年 5 月

# 赠匡亚明名誉教授

1985 年 9 月，匡亚明同志正值八十寿诞，新成《孔子评传》，吉林大学授予名誉教授称号，相约于明年建校 40 周年时，再来长讲学，并遥祝偕登寿域，共庆建校 40 周年。

夫子何为者？栖栖一代中。
山高荫塞北，水阔润江东。
道接马恩义，学扬邹鲁风。
天行健未已，地载厚焉穷？
满月凌空舞，夕阳耀远红。
三千零六载，百岁又七翁。
桃李无言语，径蹊自纵横。
四十周年日，弦歌鸣放宫。

**1985 年 9 月长春**

## 说美，赠桂林诗人

　　几十年间，把美当口头禅来说，美者何物？若明若晦，终觉渺茫。而今一临八桂，则倏忽心动，不胜惊喜，依稀旧梦，仿佛见之。真乃"有山皆画幅，无水非诗篇，愿做桂林人，不愿做神仙"。诚如陈毅元帅叠彩题刻所云然也。奈相逢恨晚，萍踪惚恍，只是浮光掠影，距得真谛尚差好大半截。以赠桂林诗人，聊表望洋之意，以抒兴叹之情罢了。山里人怎敢跟龙王爷说海呢？

你画桂林山水，
　桂林山水塑造你。

你唱桂林山水，
　桂林山水美化你。

你借用桂林山水的彩色，
桂林山水却加赋你以性灵：

加赋你以谛听天籁的耳朵，
加赋你以观赏仙境的眼睛；

加赋你以感受美与谐和的感觉，
加赋你以领悟绝妙的心与脑。

你成为桂林山水的耳朵眼睛感觉心与脑，
你便是桂林山水的自我意识；

桂林山水的自我意识，
啊！活的神仙，桂林诗人！

你成为桂林山水的耳朵眼睛感觉心与脑，
你便是桂林山水的艺术情趣；

桂林山水的艺术情趣，
啊！活的神仙，桂林诗人！

你在桂林山水中，
桂林山水在你的诗篇里。

你在桂林烟雨中，
桂林烟雨在你的胸怀里。

白云落进漓水被荇藻染绿了，
挂在群峰的倒影上飘呀飘，飘呀飘。

青岚浮翠微，烘渲涨碧落，

惹逗明丽的阳光眯眯笑，眯眯笑。

是诗台，是画廊，是刘三姐的聪声悠扬，
是云雀展开苍翠的羽翼自由飞翔。

一往情深啊水水水……
滔滔流光迭走了多少个黄昏落日。

巅连云海啊山山山……
青青烟影预示着无限数彩霞明天。

逝者如斯夫，恍兮若梦呀！
真理的求索，理想的憧憬呀！

山沉沉啊水溶溶，
山山飞瀑啊水水漂倒影；

山叠叠啊水重重，
山环水绕啊融汇桂林城。

桂林的水啊桂林的山，
美就是真与善相融汇的形象显现；

桂林的山啊桂林的水，
真与善相融汇的形象显现就是美。

你是桂林山水的性情，
桂林山水是你的画笔。

你是桂林山水的灵感，
桂林山水是你的旋律。

你美化桂林山水，
桂林山水唱你。

你塑造桂林山水，
桂林山水画你。

1987 年 6 月　桂林—长春

## 忆天蓝

才高万丈志凌云，
襟抱终天志未伸。
到老春蚕丝更乱，
成灰蜡烛泪犹温。
栩栩蝴蝶庄生梦，
睬睬鹏鸼贾子心，
一从队长骑马去，
千古桥儿沟公民。

1983 年 8 月 24 日

## 悼丁玲

女娲夸父钟同身，
逐日缝天肝胆焚。
逐日超山经跳越，
缝天触电历沉沦。
浮游万劫留《中国》，
了却一生返《霞村》。①
弃杖人间敲石火，
长风千里化桃林。

1987 年 2 月于长春

①"霞村"实作"夏村"。

## 湘灵怨
### ——哭郭石山

摇首悲歌发：
噫，石山呀！
海何遽枯，
山胡突裂。
争奈老妻
病榻卧反侧。
行不得，行不得也。
一梦竟成决绝。
靡留片纸只言，
上床便与鞋履相别，
间里倍凄咽。
嗟，嗟！
想诗魂亦必
夜夜绕屋舍。
敲窗冷风，
窥帏凉月。

人世诚难说。
唉，几圆缺？

天年仍夭，
高风未沫。
哀哉故人
慷慨多奇节。
非沉沉、非沉沉者，
耿耿胸中热血。
融汇唐宋古今，
下笔自是波诡云谲，
吟声塑雄杰。
哦，哦！
真性灵安待
蛮触竞功烈。
渺长白——
雁阵澄空，
鸿爪晴雪。

　　　　　　　　1987 年秋　长春

## 挽辞联语
### ——悼鲍昌

上

哀哀五七级同学——
又弱一个，
又是学兄送学弟。
抑盍虐欤？
天丧厥则！

下

数数三八式老头——
还胜几多，
还教头白哭头青。
如可赎兮，
人百其身！

1989 年 2 月

# 葵之歌

蒸盘愈大，头愈低垂：
谦虚植根充实，
饱满结晶沉思。

躲开太阳刺目的针芒，
俯首注视大地，眼睛
才看得真切清亮。

头脑也才保持冷静。

追逐热，追逐光，
追逐色彩，追逐幻想：
脖子里安一根弹簧。

哦，葵花向阳。招引得
彩蝶献舞，蜜蜂
也学着诗人嗡嗡吟唱。

多么昏热而轻狂！

如今炎炎盛夏之梦已破，

终于找到真实自我，独立——
根须深深扎进泥土里。

西风给顽童吆着号子
攀折；折歪的脖颈上，
麻雀轮番来作客。

以拔牙的钢钳表示亲热。

悔不茁生一身棘刺，呜吓？
呜吓！岂是吝惜奉献？
呜吓！不容冒犯尊严。

果真要箭步投向市场，
以袋装，以车载，以斗量？
任身价随风涨落……

自由不得超越呵！


　　　　　　　　1988 年 9、10 月之交　北京—长春

## 假如

己巳述怀，组诗五首。前三首初写于岁首，后二首续成于岁末。庚午之二月十七日，特以献给尊敬的同庚诗长艾青兄，遥颂八十诞辰。艾青兄长我三个月，祝愿偕登寿域，携手寥天，霜雪童心，沧桑正道，永唱《光的赞歌》。

### 一

假如让我得重生，
定必这般约略同。
尽管迷离离失落，
依然轰响响光明。
几多事后诸葛亮，
谁个潮前毛泽东。
逆反反逆凭辩证，
河殇不废太阳升。

## 二

河殇端为太阳升，
不见阴霾怎放晴。
拨正狂针方理顺，
认真迷路自亨通。
弯弯曲曲弯弯曲，
侧侧平平侧侧平。
大道从来即这么，
何愁耄耋靠边行。

## 三

漫云耄耋靠边行，
刹那真如驻永恒。
枯树著花花烂漫，
晚霞漾水水玲珑。
落花有序伤无序，
流水无情海有情。
嗟彼往而不返也，
寥天大化尽环中。

四

环中得以应无穷，
因是因非因毁成。
蓦讶兽云吞落日，
倏惊弓月射流星。
望穿秋水望夫石，
神化春岚神女峰。
季节显然误点到，
阴阳岂复信潮灵？


五

阴阳无改信潮灵！
回首东方万里红。
如火如荼由塑造，
一移一步费攀登。
诗人老矣童心在，
国运昌兮正道隆。
光的赞歌永世唱，
假如让我得重生。

1989 年 1 月 1 日初稿
1990 年 1 月 10 日续成

## 挑选

### ——我闻舒群如是云


白云渲染蓝天，静谧浓缩宇宙，
上帝伸出敦实宽厚的两只手。
右手擎着全部真理金光闪耀，
在左手里却只有一个疑问号——

剥寻真理的解剖刀锋锐无比；
但是它若想达到真正的目的，
就注定无可逃避地还要穿越：
失误又痛苦重重的盘根错节。

上帝庄严而仁慈，深沉而无哗，
伴着隆隆雷声对我说：挑选吧！
我径直趋向前谦恭而且热忱，
握住他的左手很紧很紧很紧。

上帝含泪颔笑，转身悄然隐去，
面前长路漫漫引我到苍茫里。

1989 年 8 月 3 日　北京